BERLION

TONY CORSO

LE PRIVÉ DE LA JET SET

COULEUR : CHRISTIAN FAVRELLE
LETTRAGE : FRANÇOIS BATET

DARGAUD

PARIS • BARCELONE • BRUXELLES • LAUSANNE • LONDRES • MONTREAL • NEW YORK • STUTTGART

Al mio sole, Rose-Emmanuelle, mille grazie.

www.dargaud.com

PREMIÈRE ÉDITION EN 2004

Dépôt légal : janvier 2013 • ISBN 978-2205-05567-2
Imprimé et relié en France par PPO Graphic, 91120 Palaiseau

JOLI POINT DE VUE !
UN PEU ABRUPT TOUTEFOIS... J'AI UN CLIENT QUI DÉTESTE ÊTRE PRIS EN PHOTO DANS SON BAIN.
T'AS CINQ SECONDES POUR ME REFILER CETTE PELLICULE !
?!
PAS DE VEINE ! JE SUIS TOMBÉ SUR LE COUSIN DE SPIDERMAN.
1

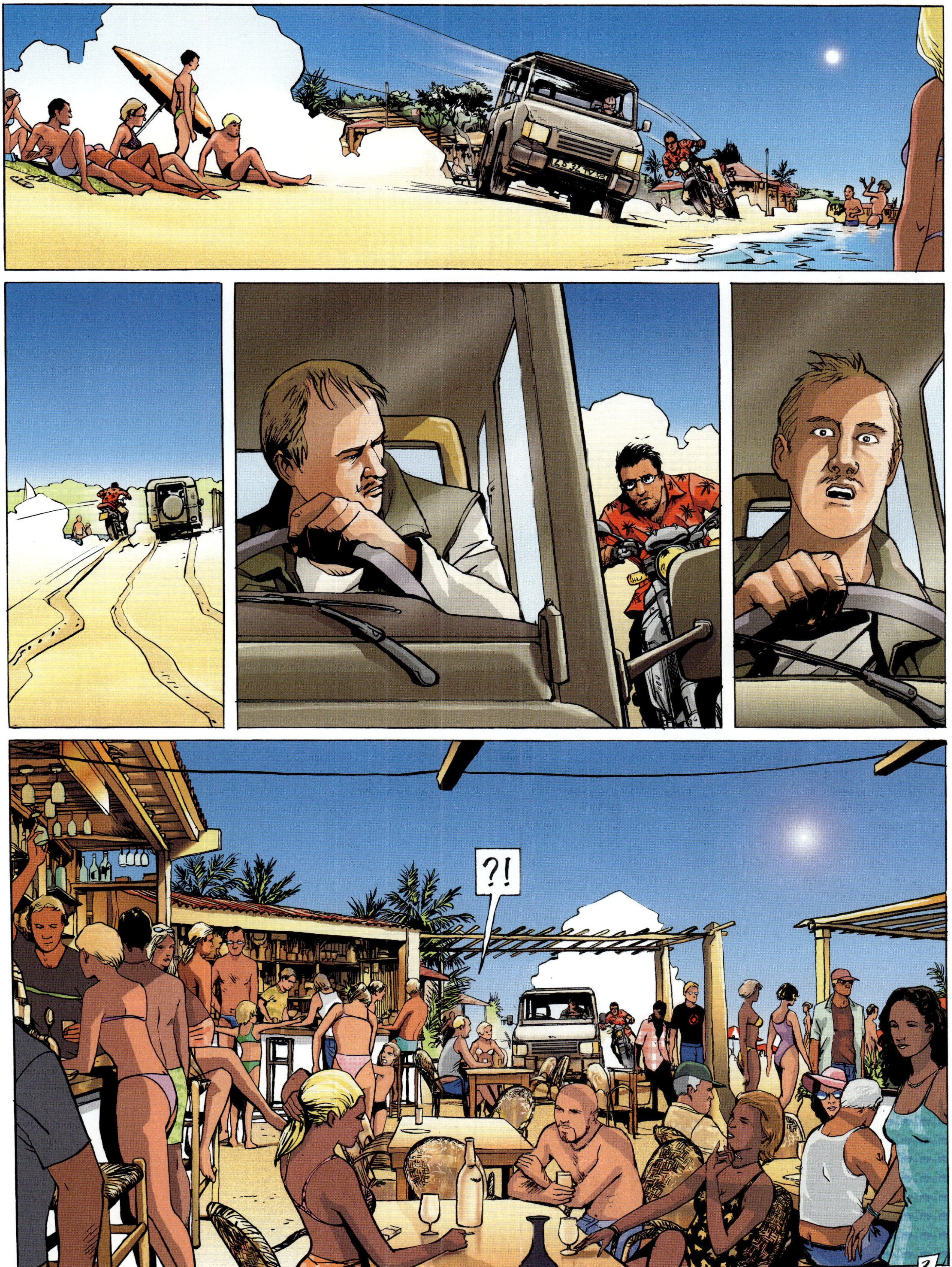

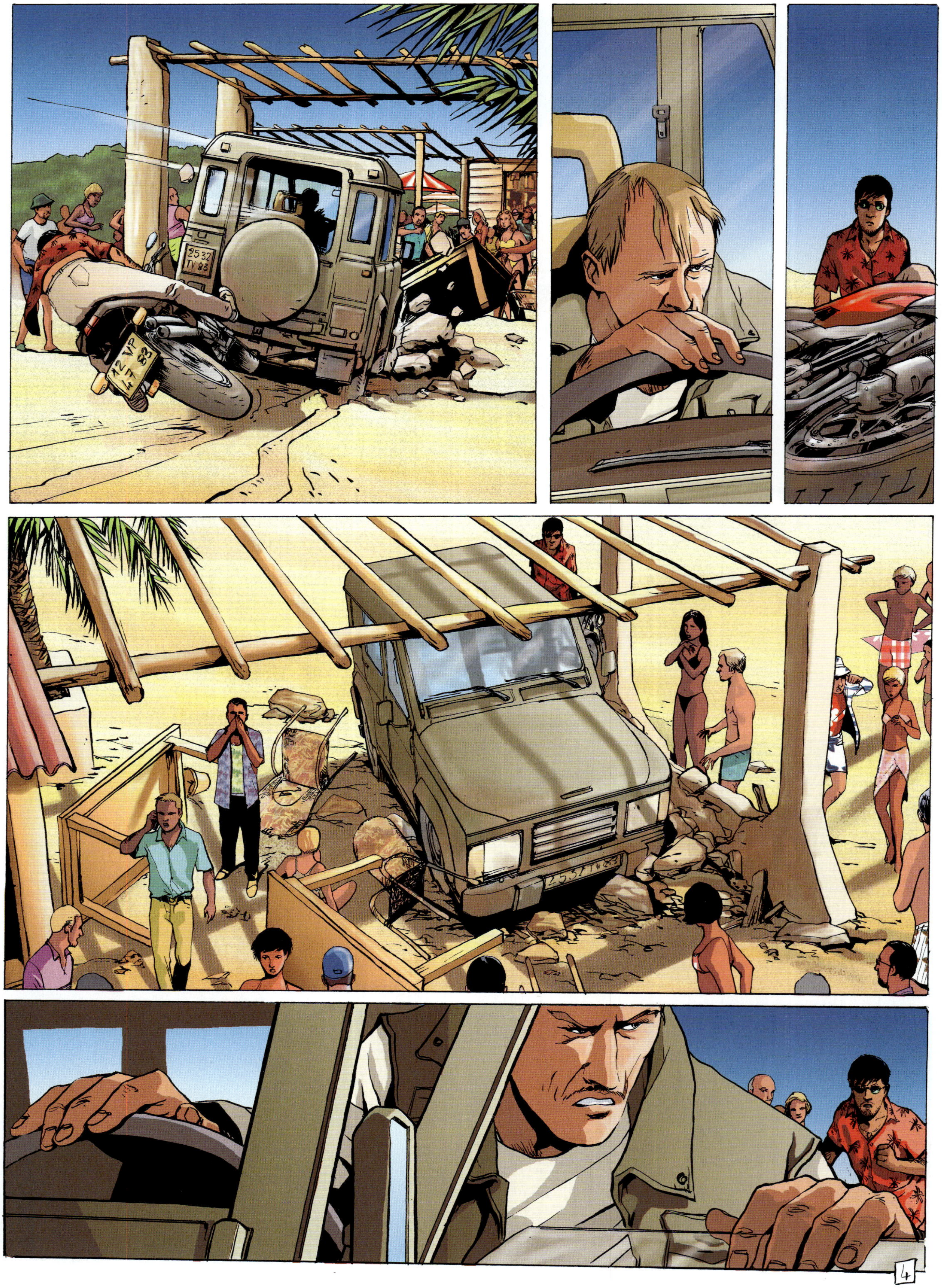
4

PAR ICI L'ATTIRAIL !
QUELLE HISTOIRE POUR UNE SI PETITE CHOSE !
LAISSEZ PASSER !!
5

POLICE ! INSPECTEUR LAZARE !
LAISS...
CORSO ! J'AURAIS DÛ M'EN DOUTER ! IL SUFFIT QU'IL SE PASSE QUELQUE CHOSE D'ANORMAL DANS MON SECTEUR POUR QUE JE TOMBE SUR VOUS !
JE PEUX CONNAÎTRE LES RAISONS QUI VOUS POUSSENT À FAIRE DU STOCK-CAR SUR CETTE PLAGE UN DIMANCHE APRÈS-MIDI ?
JE TRAVAILLE, INSPECTEUR. POUR LES FREE-LANCES COMME MOI, IL N'Y A PAS DE DIMANCHE QUI TIENNE !
NE FAITES PAS LE MALIN, CORSO ! VOUS...
VOUS ÊTES DE LA POLICE ?
VOUS AVEZ VU CE DÉSASTRE ? TOUTE MA SAISON EST FOUTUE ! DÉJÀ QU'IL A PLU TOUT LE MOIS DE JUIN !
QUI EST-CE QUI VA PAYER, MAINTENANT ? JE SUIS RUINÉ !
ADRESSEZ-VOUS À VOTRE ASSURANCE.
QUELLE ASSURANCE ?
EXCUSEZ-MOI, MAIS JE DOIS POURSUIVRE MON INTERPELL...
CORSO ?
CORSO !
6

première enquête

LA COMTESSE VOLODINE

JE M'APPELLE TONY CORSO.
JE SUIS DÉTECTIVE PRIVÉ.
J'EXERCE MON ACTIVITÉ À SAINT-TROPEZ.
ICI, TOUT LE MONDE ME CONNAÎT, LES FLICS, LES MAFIEUX, LES POLITICIENS ET PLUS LARGEMENT TOUS CEUX QUI FONT DE CETTE PRESQU'ÎLE UNE FORMIDABLE USINE À FABRIQUER DU RÊVE ET DU FRIC.
MA CLIENTÈLE VIT DANS L'UNIVERS TRÈS FERMÉ OÙ PAILLETTES, LUXE ET BUSINESS SE SUPERPOSENT HABILEMENT POUR ABRITER UN MONDE OPAQUE : "LA PLANÈTE OFFSHORE".
TOUS MES CLIENTS PARTAGENT UN SOUCI COMMUN : PLACER DE L'ARGENT DONT ILS PRÉFÈRENT CACHER L'EXISTENCE À AUTRUI.
LA COMTESSE HÉLÉNA VOLODINE NE FERAIT PROBABLEMENT PAS EXCEPTION À LA RÈGLE.
7

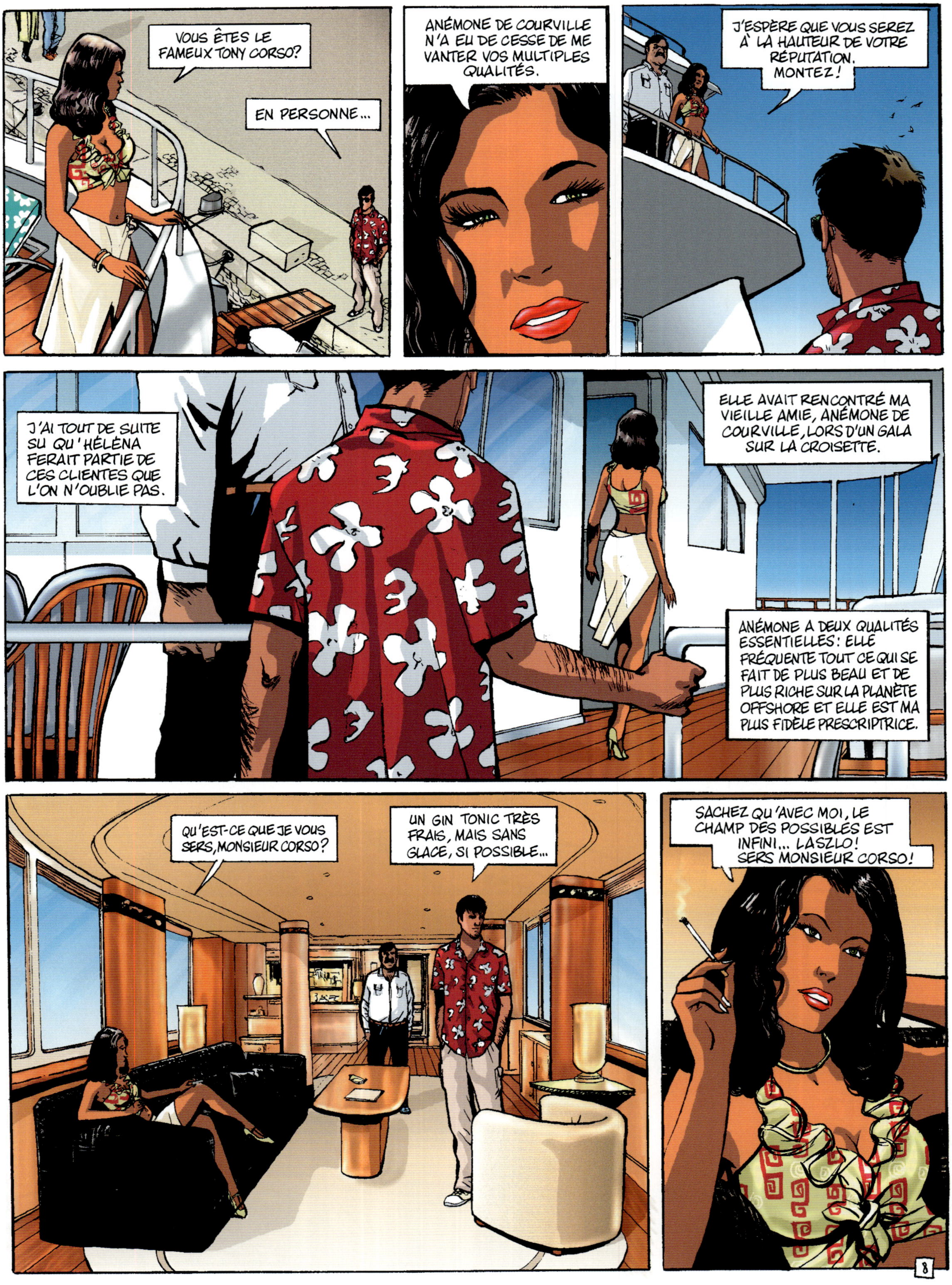
VOUS ÊTES LE FAMEUX TONY CORSO?
EN PERSONNE...
ANÉMONE DE COURVILLE N'A EU DE CESSE DE ME VANTER VOS MULTIPLES QUALITÉS.
J'ESPÈRE QUE VOUS SEREZ À LA HAUTEUR DE VOTRE RÉPUTATION. MONTEZ!
J'AI TOUT DE SUITE SU QU'HÉLÉNA FERAIT PARTIE DE CES CLIENTES QUE L'ON N'OUBLIE PAS.
ELLE AVAIT RENCONTRÉ MA VIEILLE AMIE, ANÉMONE DE COURVILLE, LORS D'UN GALA SUR LA CROISETTE.
ANÉMONE A DEUX QUALITÉS ESSENTIELLES: ELLE FRÉQUENTE TOUT CE QUI SE FAIT DE PLUS BEAU ET DE PLUS RICHE SUR LA PLANÈTE OFFSHORE ET ELLE EST MA PLUS FIDÈLE PRESCRIPTRICE.
QU'EST-CE QUE JE VOUS SERS, MONSIEUR CORSO?
UN GIN TONIC TRÈS FRAIS, MAIS SANS GLACE, SI POSSIBLE...
SACHEZ QU'AVEC MOI, LE CHAMP DES POSSIBLES EST INFINI... LASZLO! SERS MONSIEUR CORSO!
8

IMPRESSIONNANT BARMAN ! IL S'EST FAIT SES CICATRICES EN SABRANT DU CHAMPAGNE ?
LASZLO DÉTESTE QUE L'ON PARLE DE SES CICATRICES...
ELLES LUI RAPPELLENT SA TCHÉTCHÉNIE NATALE. LES MUTILATIONS QU'IL A SUBIES AU COURS DE CETTE GUERRE ATROCE L'ONT RENDU MUET.
ENCHANTÉ, LASZLO !
LE TEMPS QU'ELLE GAGNE LE PORT DE SAINT-TROPEZ, J'AVAIS PRIS SOIN DE ME RENSEIGNER SUR MA FUTURE CLIENTE...
TU PEUX NOUS LAISSER, TONY ET MOI AVONS À PARLER...
DE SON VRAI NOM HÉLÉNA RUIZ, CETTE AVENTURIÈRE VENAIT DE RÉUSSIR À ÉPOUSER LE COMTE FÉDOR VOLODINE, DE 20 ANS SON AÎNÉ, EN UN TEMPS RECORD.
ANÉMONE DE COURVILLE L'AVAIT DÉJÀ APERÇUE AU BRAS DE NOMBREUSES FORTUNES, MAIS IL SEMBLAIT QU'ELLE VENAIT ENFIN DE DÉCROCHER LE JACKPOT.
SI VOUS N'Y VOYEZ PAS D'INCONVÉNIENT, J'IRAI DROIT AU BUT.
AU CONTRAIRE... JE DÉTESTE PERDRE MON TEMPS À L'INTÉRIEUR EN CETTE SAISON.
9

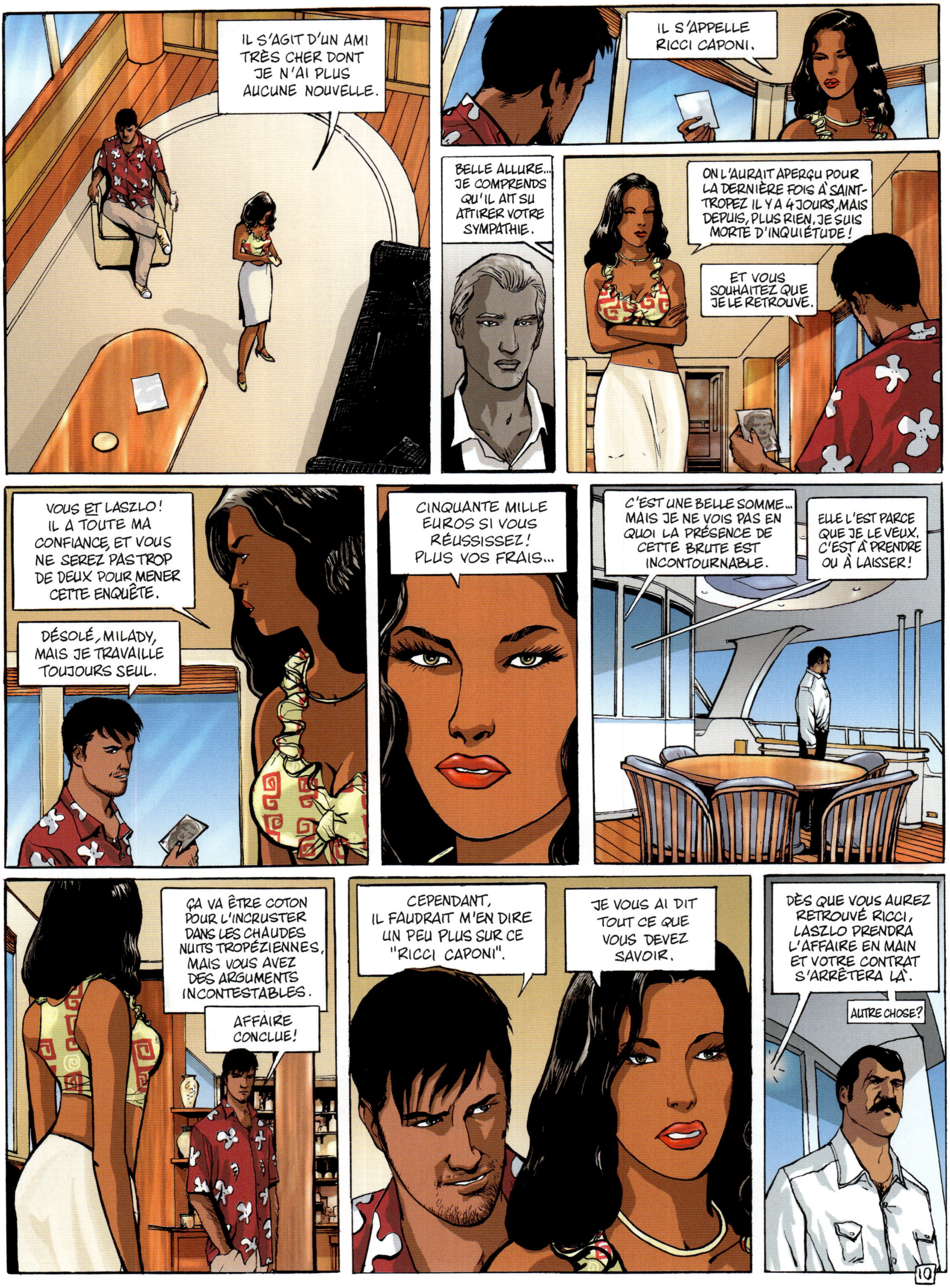
IL S'AGIT D'UN AMI TRÈS CHER DONT JE N'AI PLUS AUCUNE NOUVELLE.
IL S'APPELLE RICCI CAPONI.
BELLE ALLURE... JE COMPRENDS QU'IL AIT SU ATTIRER VOTRE SYMPATHIE.
ON L'AURAIT APERÇU POUR LA DERNIÈRE FOIS À SAINT-TROPEZ IL Y A 4 JOURS, MAIS DEPUIS, PLUS RIEN. JE SUIS MORTE D'INQUIÉTUDE !
ET VOUS SOUHAITEZ QUE JE LE RETROUVE.
VOUS ET LASZLO ! IL A TOUTE MA CONFIANCE, ET VOUS NE SEREZ PAS TROP DE DEUX POUR MENER CETTE ENQUÊTE.
DÉSOLÉ, MILADY, MAIS JE TRAVAILLE TOUJOURS SEUL.
CINQUANTE MILLE EUROS SI VOUS RÉUSSISSEZ ! PLUS VOS FRAIS...
C'EST UNE BELLE SOMME... MAIS JE NE VOIS PAS EN QUOI LA PRÉSENCE DE CETTE BRUTE EST INCONTOURNABLE.
ELLE L'EST PARCE QUE JE LE VEUX. C'EST À PRENDRE OU À LAISSER !
ÇA VA ÊTRE COTON POUR L'INCRUSTER DANS LES CHAUDES NUITS TROPÉZIENNES, MAIS VOUS AVEZ DES ARGUMENTS INCONTESTABLES.
AFFAIRE CONCLUE !
CEPENDANT, IL FAUDRAIT M'EN DIRE UN PEU PLUS SUR CE "RICCI CAPONI".
JE VOUS AI DIT TOUT CE QUE VOUS DEVEZ SAVOIR.
DÈS QUE VOUS AUREZ RETROUVÉ RICCI, LASZLO PRENDRA L'AFFAIRE EN MAIN ET VOTRE CONTRAT S'ARRÊTERA LÀ.
AUTRE CHOSE ?

NON. TOUT EST PARFAITEMENT CLAIR. QUAND VOULEZ-VOUS QUE JE COMMENCE ?
LE PLUS TÔT SERA LE MIEUX. LASZLO N'ATTEND QUE VOUS.
JE L'ATTENDS AU BAR LE SENNEQUIER À 19 HEURES... ÇA VOUS LAISSE LE TEMPS DE LUI TROUVER UNE TENUE CORRECTE POUR ALLER DANSER.
MERCI ENCORE POUR VOTRE CÉLÉRITÉ, MONSIEUR CORSO. ET NE VOUS EN FAITES PAS, LASZLO EST D'UNE DISCRÉTION ET D'UNE EFFICACITÉ ABSOLUES.
MOUAIS...
J'AI HÂTE DE PARTAGER AVEC LUI CETTE AMITIÉ VIRILE ET JOYEUSE QUE L'ON DEVINE À TRAVERS CETTE FAÇADE FAUSSEMENT SAUVAGE.
LE SENNEQUIER EST JUSTE EN FACE !
À CE SOIR !
JE NE SUPPORTE PAS CE GENRE DE TYPE. EN TOUT CAS, JE NE VEUX PAS QUE TU LE QUITTES D'UNE SEMELLE ! CAPONI SERAIT CAPABLE DE TOUT LUI RACONTER.
11

CETTE AFFAIRE PUAIT LE CHANTAGE MINABLE. HÉLÉNA RUIZ, FRAÎCHEMENT MARIÉE, AVAIT VISIBLEMENT CÉDÉ AUX AVANCES D'UN PLAY-BOY D'ARRIÈRE-SALLE QUI TENTAIT DÉSORMAIS DE MONNAYER CETTE LIAISON AUSSI SCANDALEUSE QUE COMPROMETTANTE.
JE NE DONNAIS PAS CHER DE LA PEAU DE CE MISÉRABLE MAÎTRE CHANTEUR. C'EST POUR CETTE RAISON QUE J'AVAIS ACCEPTÉ CETTE MISSION. JE PRÉFÉRAIS ÊTRE LÀ LORSQUE LA BRUTE CAUCASIENNE ALLAIT METTRE LA MAIN SUR RICCI CAPONI.
J'AVAIS DEUX HEURES DE LIBERTÉ AVANT D'AVOIR L'OMBRE DU MAMMOUTH DES STEPPES SUR MES TALONS. LE TEMPS DE REPASSER AU BUREAU PRENDRE UNE DOUCHE.
PATRON? C'EST DRAGAN! ELLE EST ARRIVÉE À SAINT-TROPEZ. ON EST JUSTE EN FACE DU YACHT.
PARFAIT!
12

QU'EST-CE QU'ELLE FAIT?
RIEN... IL Y A JUSTE UN TYPE QUI VIENT DE LUI RENDRE VISITE. IL EST RESTÉ À BORD UNE PETITE DEMI-HEURE.
QUEL GENRE DE TYPE?
LE GENRE LOCAL. FRIMEUR ET SÛR DE LUI.
SUIVEZ-LE! MA MAIN À COUPER QU'ELLE A ENGAGÉ UN DÉTECTIVE. IL FAUT ABSOLUMENT RETROUVER RICCI CAPONI ET L'ARGENT AVANT LUI, SANS QUOI TOUT MON PLAN TOMBE À L'EAU!
DÈS QUE CE DÉTECTIVE A DÉNICHÉ CAPONI, QUE VOUS AVEZ LE POGNON, VOUS LES LIQUIDEZ TOUS LES DEUX.
ET DISCRET, SURTOUT! LE COMTE NE DOIT PAS AVOIR LE MOINDRE SOUPÇON.
CAPONI A VOULU JOUER GROS! TANT PIS POUR LUI. DRAGAN ET IGOR ONT L'AIR D'AVOIR LA SITUATION BIEN EN MAIN. CE N'EST PLUS L'AFFAIRE QUE DE QUELQUES JOURS...
CETTE PETITE CATIN S'IMAGINAIT PEUT-ÊTRE QUE JE LA LAISSERAIS DÉTRUIRE 30 ANS DE TRAVAIL ACHARNÉ...
30 ANS POUR DÉTOURNER PEU À PEU LA MOITIÉ DE LA FORTUNE DU COMTE FÉDOR VOLODINE ET PRENDRE UNE RETRAITE DORÉE SUR UN ATOLL POLYNÉSIEN...
TU ES TOUT SIMPLEMENT GÉNIAL, MON VIEUX KARL! DIABOLIQUEMENT GÉNIAL...
KARL? JE NE VOUS DÉRANGE PAS?
?!
13

M... MAIS VOUS NE ME DÉRANGEZ JAMAIS, MONSIEUR LE COMTE...
JE SUIS TELLEMENT PRÉOCCUPÉ. J'AI BESOIN DE VOTRE AVIS.
HÉLÉNA AURAIT DÛ RENTRER DEPUIS TROIS JOURS. SES EXPLICATIONS NE ME SATISFONT PAS. J'AI PEUR QU'ELLE AIT RENCONTRÉ DES PROBLÈMES.
C'EST VRAI QUE LUI CONFIER TOUT CET ARGENT ÉTAIT PEUT-ÊTRE UN PEU RISQUÉ.
JE VOUS RAPPELLE QUE C'ÉTAIT VOTRE IDÉE.
EN EFFET... PEUT-ÊTRE L'AI-JE UN PEU SURESTIMÉE...
QU'EST-CE QUE VOUS INSINUEZ?
C'EST UNE ÉNORME SOMME, EN LIQUIDE DE SURCROÎT. LA TENTATION PEUT ÊTRE...
JE NE VOUS PERMETS PAS ! JAMAIS HÉLÉNA NE ME TRAHIRAIT !!
VOUS AVEZ RAISON. EXCUSEZ-MOI, MONSIEUR LE COMTE. MON MÉTIER D'AVOCAT M'AMÈNE PARFOIS À VOIR LE MAL PARTOUT.
VOUS NE L'APPRÉCIEZ PAS, AVOUEZ-LE ! VOUS ÊTES PERSUADÉ QU'HÉLÉNA NE S'INTÉRESSE QU'À MON ARGENT. JE ME DEMANDE MÊME SI VOUS NE L'AVEZ PAS POUSSÉE À FAIRE CE VOYAGE À MA PLACE POUR QU'ELLE VOUS DONNE RAISON !
VOUS ME BLESSEZ, MONSIEUR LE COMTE...
N'EN PARLONS PLUS ! MOI AUSSI, JE COMMENCE À VOIR LE MAL PARTOUT.
JE DEVRAIS AVOIR HONTE. IL DOIT Y AVOIR UNE EXPLICATION, ET JE SUIS SÛR QU'HÉLÉNA NE TARDERA PAS À NOUS LA FOURNIR.
N'EN DOUTONS PAS, MONSIEUR LE COMTE, N'EN DOUTONS PAS...
14

DOUCEMENT, S'IL VOUS PLAÎT... VOILÀ ! À GAUCHE, MAINTENANT.
FRANÇOIS-GÉRÔME EST UN AMI D'ENFANCE... RENTIER DEPUIS L'ÂGE DE VINGT ANS, IL EST AUSSI MARCHAND D'ART À SES HEURES PERDUES. SES CHOIX ARTISTIQUES N'ONT PAS TOUJOURS ÉTÉ COMPRIS À PARIS. IL M'A REJOINT À SAINT-TROPEZ POUR ESSAYER DE REBONDIR...
JE LUI FAIS PROFITER DE MON CARNET D'ADRESSES ET, EN ÉCHANGE, IL ME LOGE DANS UNE PETITE DÉPENDANCE DEUX PIÈCES, AU FOND DE LA PROPRIÉTÉ QU'IL LOUE SUR LES HAUTEURS DE SAINT-TROPEZ. TRANQUILLITÉ ET CONCENTRATION GARANTIES.
FAITES ATTENTION AUX BRANCHES, NOM DE DIEU !
BERLION
C'EST TA NOUVELLE EXPO ? TU AS VU LES CHOSES EN GRAND.
TU VIENS DE RATER ANÉMONE DE COURVILLE D'À PEINE CINQ PETITES MINUTES.
15

ANÉMONE DE COURVILLE?... QU'EST-CE QU'ELLE VOULAIT?
J'EN SAIS FICHTRE RIEN. CETTE VIEILLE FOLLE T'A CONFIÉ SON YORKSHIRE POUR QUELQUES JOURS.
SON YORKSHIRE?
TOUT JUSTE! JE LUI AI DIT DE LE DÉPOSER, LUI ET SON PANIER, DANS TON BUREAU. JE NE VEUX PAS VOIR CETTE BESTIOLE TRAÎNER DANS LA PROPRIÉTÉ ET ENCORE MOINS PRÈS DES TOILES.
QU'EST-CE QUE C'EST QUE CETTE HISTOIRE ?!
JE NE SAIS PAS, TONY. ELLE M'A JUSTE DEMANDÉ DE TE DIRE DE PASSER LA VOIR À L'HÔTEL BYBLOS LE PLUS VITE POSSIBLE. ELLE N'AVAIT PAS L'AIR DANS SON ASSIETTE...
DÉPOSEZ-LA AU FOND, À CÔTÉ DES AUTRES. MERCI.
AU FAIT, TU SAIS COMMENT ELLE A APPELÉ SON CABOT?
LOUIS-PHILIPPE DEUX. SON PÈRE, LOUIS-PHILIPPE PREMIER, EST MORT ÉTOUFFÉ PAR UNE BALLE DE GOLF.
DEPUIS, ELLE DÉTESTE LE GOLF!
ÇA VOUS FAIT UN POINT COMMUN.
AU REVOIR, MESSIEURS. VOUS SEREZ AIMABLES DE FERMER LA GRILLE EN PARTANT, ET MERCI ENCORE...
UN YORKSHIRE...
16

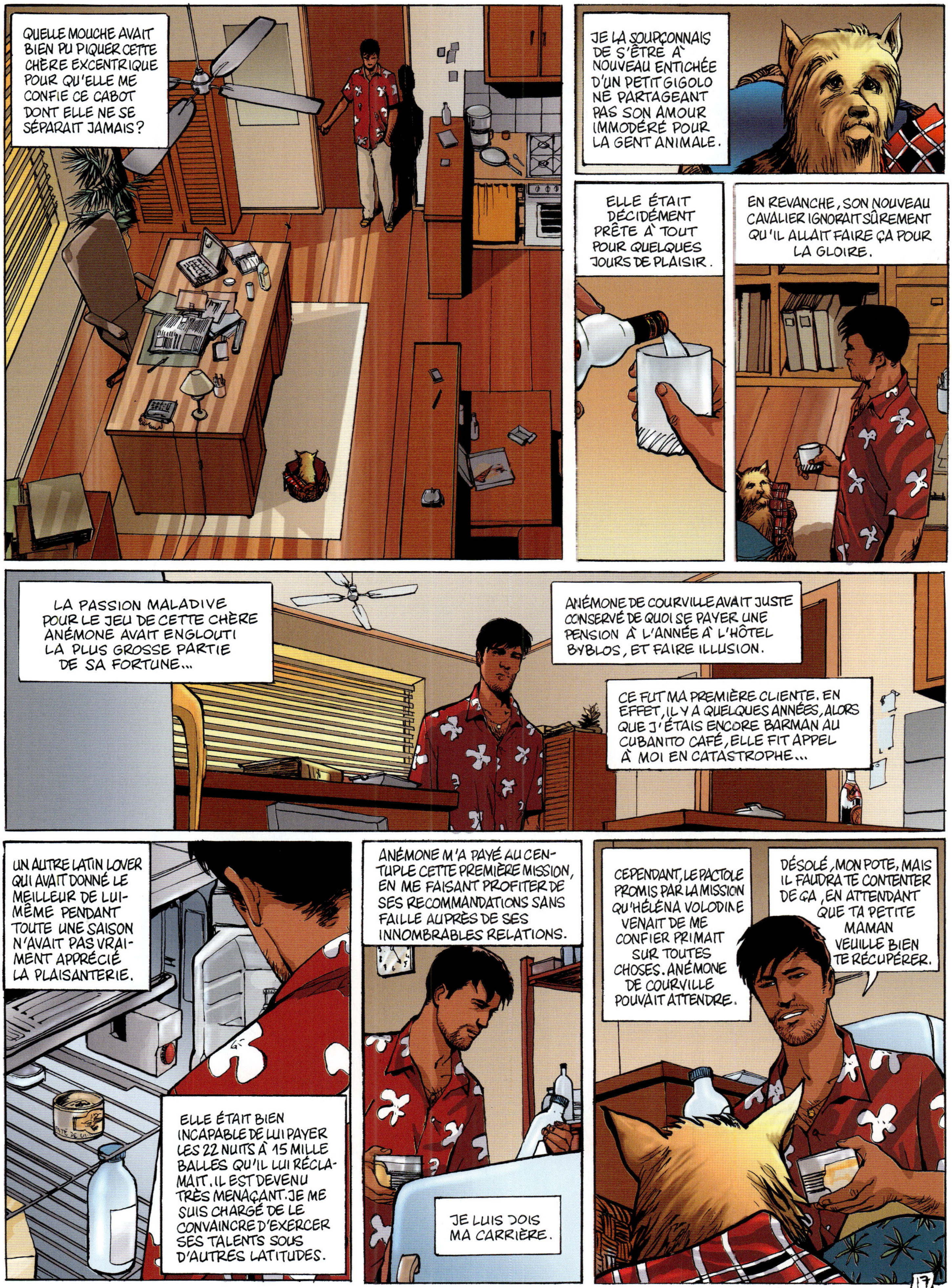
QUELLE MOUCHE AVAIT BIEN PU PIQUER CETTE CHÈRE EXCENTRIQUE POUR QU'ELLE ME CONFIE CE CABOT DONT ELLE NE SE SÉPARAIT JAMAIS ?
JE LA SOUPÇONNAIS DE S'ÊTRE À NOUVEAU ENTICHÉE D'UN PETIT GIGOLO NE PARTAGEANT PAS SON AMOUR IMMODÉRÉ POUR LA GENT ANIMALE.
ELLE ÉTAIT DÉCIDÉMENT PRÊTE À TOUT POUR QUELQUES JOURS DE PLAISIR.
EN REVANCHE, SON NOUVEAU CAVALIER IGNORAIT SÛREMENT QU'IL ALLAIT FAIRE ÇA POUR LA GLOIRE.
LA PASSION MALADIVE POUR LE JEU DE CETTE CHÈRE ANÉMONE AVAIT ENGLOUTI LA PLUS GROSSE PARTIE DE SA FORTUNE...
ANÉMONE DE COURVILLE AVAIT JUSTE CONSERVÉ DE QUOI SE PAYER UNE PENSION À L'ANNÉE À L'HÔTEL BYBLOS, ET FAIRE ILLUSION.
CE FUT MA PREMIÈRE CLIENTE. EN EFFET, IL Y A QUELQUES ANNÉES, ALORS QUE J'ÉTAIS ENCORE BARMAN AU CUBANITO CAFÉ, ELLE FIT APPEL À MOI EN CATASTROPHE...
UN AUTRE LATIN LOVER QUI AVAIT DONNÉ LE MEILLEUR DE LUI-MÊME PENDANT TOUTE UNE SAISON N'AVAIT PAS VRAIMENT APPRÉCIÉ LA PLAISANTERIE.
ELLE ÉTAIT BIEN INCAPABLE DE LUI PAYER LES 22 NUITS À 15 MILLE BALLES QU'IL LUI RÉCLAMAIT. IL EST DEVENU TRÈS MENAÇANT. JE ME SUIS CHARGÉ DE LE CONVAINCRE D'EXERCER SES TALENTS SOUS D'AUTRES LATITUDES.
ANÉMONE M'A PAYÉ AU CENTUPLE CETTE PREMIÈRE MISSION, EN ME FAISANT PROFITER DE SES RECOMMANDATIONS SANS FAILLE AUPRÈS DE SES INNOMBRABLES RELATIONS.
JE LUI DOIS MA CARRIÈRE.
CEPENDANT, LE PACTOLE PROMIS PAR LA MISSION QU'HÉLÉNA VOLODINE VENAIT DE ME CONFIER PRIMAIT SUR TOUTES CHOSES. ANÉMONE DE COURVILLE POUVAIT ATTENDRE.
DÉSOLÉ, MON POTE, MAIS IL FAUDRA TE CONTENTER DE ÇA, EN ATTENDANT QUE TA PETITE MAMAN VEUILLE BIEN TE RÉCUPÉRER.

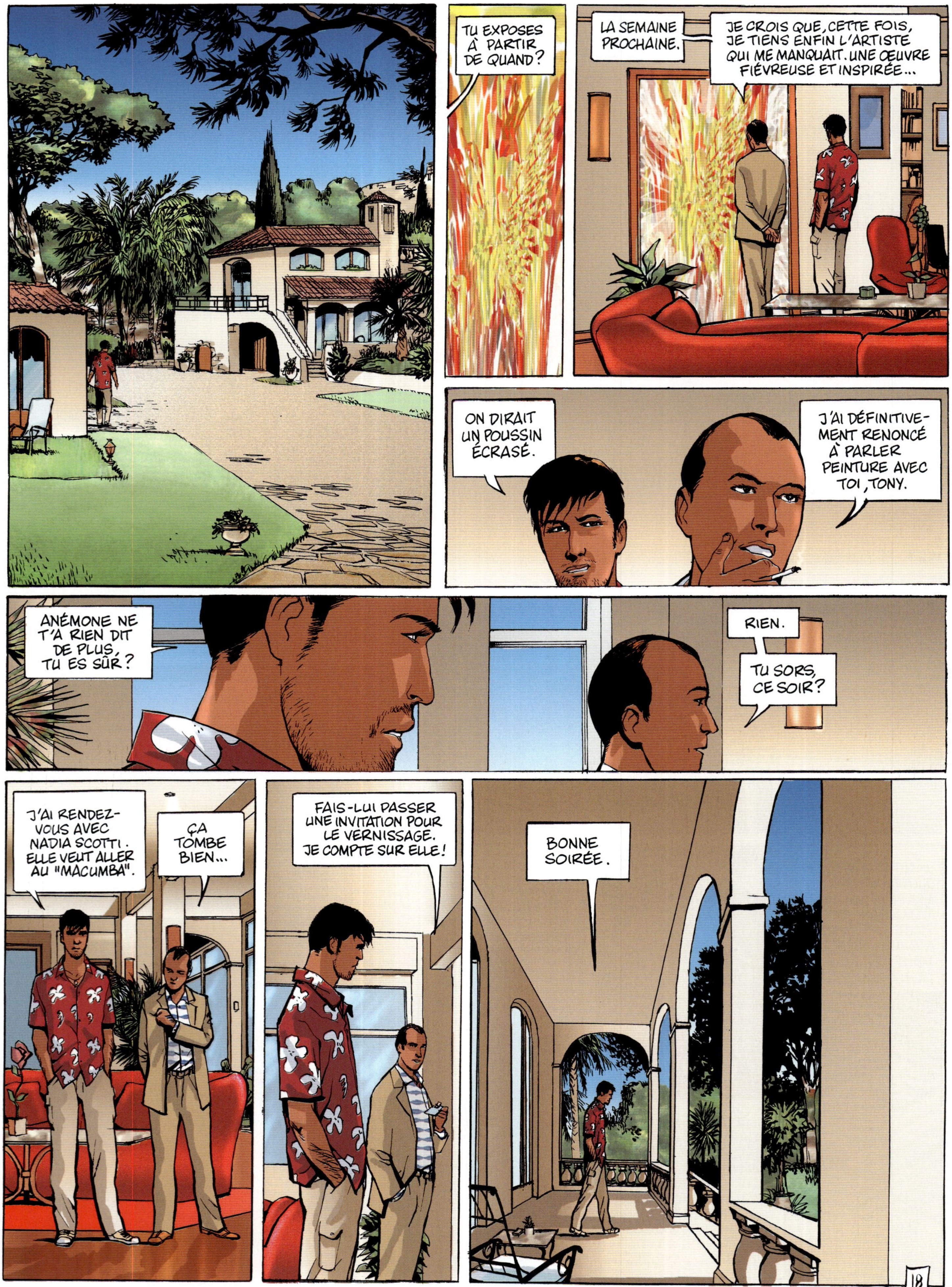
TU EXPOSES À PARTIR DE QUAND ?
LA SEMAINE PROCHAINE.
JE CROIS QUE, CETTE FOIS, JE TIENS ENFIN L'ARTISTE QUI ME MANQUAIT. UNE ŒUVRE FIÉVREUSE ET INSPIRÉE...
ON DIRAIT UN POUSSIN ÉCRASÉ.
J'AI DÉFINITIVEMENT RENONCÉ À PARLER PEINTURE AVEC TOI, TONY.
ANÉMONE NE T'A RIEN DIT DE PLUS, TU ES SÛR ?
RIEN.
TU SORS, CE SOIR ?
J'AI RENDEZ-VOUS AVEC NADIA SCOTTI. ELLE VEUT ALLER AU "MACUMBA".
ÇA TOMBE BIEN...
FAIS-LUI PASSER UNE INVITATION POUR LE VERNISSAGE. JE COMPTE SUR ELLE !
BONNE SOIRÉE.
18

Bar
AH ! LE VOILÀ ! ADMIRE UN PEU LA BÊTE !
TU AS À PEINE EXAGÉRÉ. C'EST UN PHÉNOMÈNE !
ET ENCORE, TU N'AS PAS VU SES MAGNIFIQUES CICATRICES...
NADIA, JE TE PRÉSENTE LASZLO, MON NOUVEL ASSOCIÉ.
PRENDS DONC UNE CHAISE, MON AMI.
QU'EST-CE QUE TU BOIS ?
C'EST VRAI. J'AI OUBLIÉ. LASZLO EST UN VÉTÉRAN DE LA GUERRE DE TCHÉTCHÉNIE. LES ÉPREUVES QU'IL A ENDURÉES L'ONT RENDU MUET.
QUELLE TRAGÉDIE ! NOUS SOMMES PEU DE CHOSE...
N'EST-CE PAS ?
19

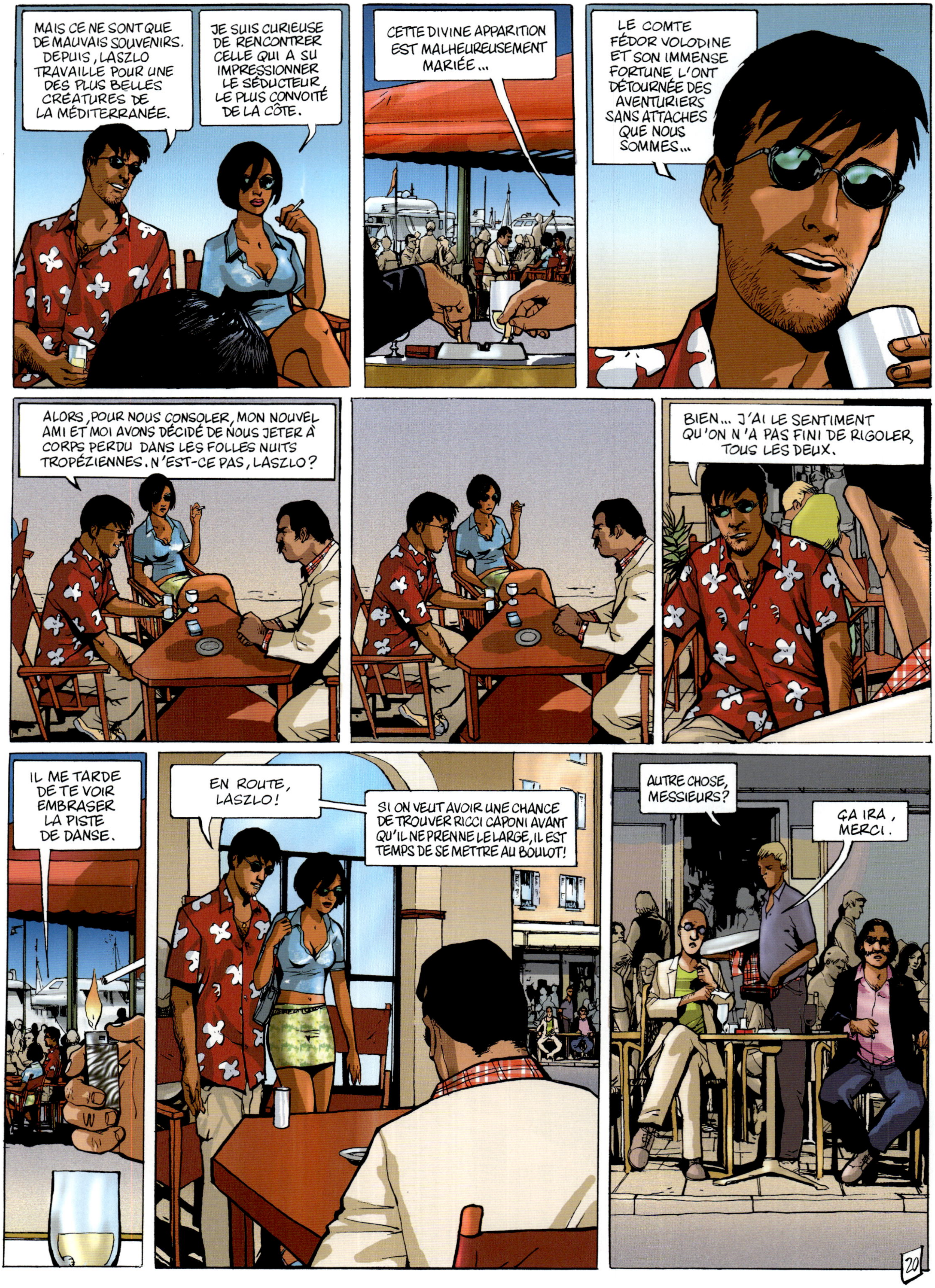
MAIS CE NE SONT QUE DE MAUVAIS SOUVENIRS. DEPUIS, LASZLO TRAVAILLE POUR UNE DES PLUS BELLES CRÉATURES DE LA MÉDITERRANÉE.
JE SUIS CURIEUSE DE RENCONTRER CELLE QUI A SU IMPRESSIONNER LE SÉDUCTEUR LE PLUS CONVOITÉ DE LA CÔTE.
CETTE DIVINE APPARITION EST MALHEUREUSEMENT MARIÉE...
LE COMTE FÉDOR VOLODINE ET SON IMMENSE FORTUNE L'ONT DÉTOURNÉE DES AVENTURIERS SANS ATTACHES QUE NOUS SOMMES...
ALORS, POUR NOUS CONSOLER, MON NOUVEL AMI ET MOI AVONS DÉCIDÉ DE NOUS JETER À CORPS PERDU DANS LES FOLLES NUITS TROPÉZIENNES. N'EST-CE PAS, LASZLO?
BIEN... J'AI LE SENTIMENT QU'ON N'A PAS FINI DE RIGOLER, TOUS LES DEUX.
IL ME TARDE DE TE VOIR EMBRASER LA PISTE DE DANSE.
EN ROUTE, LASZLO!
SI ON VEUT AVOIR UNE CHANCE DE TROUVER RICCI CAPONI AVANT QU'IL NE PRENNE LE LARGE, IL EST TEMPS DE SE METTRE AU BOULOT!
AUTRE CHOSE, MESSIEURS?
ÇA IRA, MERCI.
20

MACUMBA
ET VOILÀ ! UNE VODKA, UN GIN TONIC.
MERCI, HERVÉ. DIS-MOI, C'EST BLINDÉ, CE SOIR...
C'EST LA HAUTE SAISON QUI COMMENCE.
TU DOIS EN VOIR DÉFILER, DES NUMÉROS, DERRIÈRE TON COMPTOIR !
C'EST LA PÉRIODE. LE PIRE, CE SONT LES NOUVEAUX RICHES VENUS DE L'EST. AUCUNE CLASSE ET DES BILLETS DE 500 EUROS QU'ILS TE FONT PÉTER À LA GUEULE POUR QU'ON LEUR TROUVE DES PUTES.
T'EN CONNAIS PAS ?
PLAISANTE PAS, TONY ! JE NE RISQUE PAS D'ENVOYER UNE COPINE DANS LEURS PATTES, CES MECS SONT DES CINGLÉS !
ET CEUX-LÀ ? PAS TRÈS SURVOLTÉS, NON ?
CONNAIS PAS ! C'EST LA PREMIÈRE FOIS QU'ILS VIENNENT.
MAFIA YOUGOSLAVE OU ALBANAISE. PROBABLEMENT EN TRAIN DE BLANCHIR L'ARGENT DE LA CONTREBANDE DE CIGARETTES...
DIS-MOI, HERVÉ, EST-CE QUE TU AURAIS VU TRAÎNER CE TYPE RÉCEMMENT AUTOUR DE LA PISTE DE DANSE ?
QU'EST-CE QUE TU LUI VEUX ?
MOI, RIEN. DISONS QU'ON ME PAYE GÉNÉREUSEMENT POUR SAVOIR CE QU'IL EST DEVENU.
21

IL S'APPELLE RICCI CAPONI.
MERCI, ÇA, JE LE SAIS... TU SAIS OÙ JE PEUX LE TROUVER?
IL M'A DEMANDÉ DE LUI TROUVER UNE PLANQUE IL Y A DEUX JOURS... IL AVAIT BEAUCOUP DE FRIC SUR LUI.
TU AS ENTENDU, LASZLO? NOTRE AMI HERVÉ AIME LES LIQUIDITÉS. CHACUN SES PETITES FAIBLESSES...
VACHE! TON POTE A DES ARGUMENTS MASSIFS.
C'EST SON CÔTÉ CAUCASIEN.
OÙ EST CAPONI?
C'EST QUE... QU'EST-CE QUI ME GARANTIT QU'IL NE VA PAS FINIR DANS UN BLOC DE BÉTON AU LARGE DE LA BAIE?
DISONS QU'IL VAUT MIEUX POUR LUI QUE JE SOIS LE PREMIER À METTRE LA MAIN DESSUS. ÇA TE VA?
CE PETIT BRANLEUR A VISIBLEMENT ARNAQUÉ UN GROS MORCEAU. JE LUI AI FILÉ LES CLÉS D'UN CABANON, UNE PAILLOTE OÙ JE STOCKE MON MATOS DE SURF PRÈS DE PAMPELONNE.
PLUS PRÉCISÉMENT...
PLAGE DES AMANDIERS, LIEU-DIT "LA CABANE BAMBOU".
JE VOIS...
MERCI POUR LUI.
ALLEZ, LASZLO, FINIS TA VODKA! ON VA ROUPILLER UN PEU... UNE GROSSE JOURNÉE NOUS ATTEND.
22

NADIA, ON LÈVE LE CAMP... TU DIS BONSOIR À TES FANS.
TU ES JALOUX, TONY. NON SEULEMENT TU N'AIMES PAS DANSER, MAIS EN PLUS TU ES JALOUX !
JE RÊVE, OU TU ES EN TRAIN DE ME FAIRE UNE SCÈNE ?
NE PRENDS PAS NON PLUS TES DÉSIRS POUR DES RÉALITÉS. ALLONS-Y !
BONSOIR, NADIA. TU NOUS QUITTES DÉJÀ ?
DÉSOLÉE, MAX... AVEC LES DEUX BOUTE-EN-TRAIN QUI M'ACCOMPAGNENT, JE PRÉFÈRE ÉCOURTER LA SOIRÉE.
ET ALORS, TONY, ON FAIT DES MISÈRES À MA PETITE PROTÉGÉE ?
COMMENT VA, MAX ?
DIS-MOI, TU ES SOLIDEMENT ACCOMPAGNÉ, CE SOIR !
JE TE PRÉSENTE LASZLO, MON GARDE DU CORPS. À NOTRE ÉPOQUE, ON N'EST JAMAIS TROP PROTÉGÉ !
ET IL A UN ÉNORME AVANTAGE SUR LES AUTRES : IL EST MUET. ÇA LUI DONNE UN CÔTÉ VAGUEMENT INTELLIGENT.
PAUVRE CRÉTIN !
DÉTROMPE-TOI, SID, TONY CORSO EST À PEU PRÈS TOUT, SAUF UN CRÉTIN.
MAX SALADIN RÈGNE SANS PARTAGE SUR L'UNIVERS DE LA NUIT TROPÉZIENNE. ISSU DU MILIEU NIÇOIS, IL S'EST INSTALLÉ DANS LE GOLFE DEPUIS UNE VINGTAINE D'ANNÉES.
23

IL VA NOUS SUIVRE TOUTE LA NUIT?
IL NE ME QUITTE PLUS, JE TE L'AI DIT : MISSION SPÉCIALE.
NADIA EST LA JEUNE ET BELLE VEUVE DE PAUL SCOTTI, L'EX-ASSOCIÉ DE SALADIN, LIQUIDÉ PAR LA CONCURRENCE. MAX NE SE PRÉOCCUPE PAS DE LA VIE PRIVÉE DE NADIA TANT QU'ELLE LE LAISSE GÉRER À SA GUISE SA PART D'HÉRITAGE.
ON VA CHEZ TOI?
AVEC L'AUTRE BRUTE? DÉSOLÉE, C'EST PAS MON TRUC, TONY !
IL ATTENDRA DANS LE PARC...
HEIN, LASZLO?
LA MISSION SPÉCIALE ATTENDRA...
TU ES IRRÉSISTIBLE, QUAND TU T'ÉNERVES.
BISTROT

BONSOIR, MAX! J'AI MIS LA RECETTE DANS LE COFFRE.
MERCI, HERVÉ! À DEMAIN!
25

26

UNE CHOSE ÉTAIT CERTAINE, LA MONTAGNE TCHÉTCHÈNE N'ÉTAIT PAS RESPONSABLE DE CE DÉSASTRE.
LES RONFLEMENTS CAVERNEUX DE LASZLO M'AVAIENT EMPÊCHÉ DE DORMIR. J'EN AVAIS PROFITÉ POUR LE LAISSER CUVER SA VODKA SUR MON CANAPÉ ET SURPRENDRE CAPONI AU SAUT DU LIT. SEUL.
RICCI CAPONI VENAIT DE REJOINDRE LE ROYAUME DE TOUS CES MINABLES QUI CROIENT POUVOIR JOUER AVEC LE FEU SANS SE BRÛLER...
Anémone DE COURVILLE
Hôtel BYBLOS
ignac-St TROPEZ
-37-12-25
QU'EST-CE QUE LA CARTE D'ANÉMONE FAISAIT LÀ ?
NE LAISSER DERRIÈRE SOI QUE LA CARTE D'UNE JET-SETTEUSE SUR LE RETOUR, EXPERTE EN GIGOLOS DE SECONDE ZONE : TRISTE FIN...
VU LE SORT QU'ON LUI AVAIT RÉSERVÉ, J'ÉTAIS MAINTENANT CERTAIN QU'HÉLÉNA VOLODINE NE M'AVAIT PAS TOUT DIT SUR L'AFFAIRE CAPONI. IL ÉTAIT TEMPS D'EXIGER UN COMPLÉMENT D'INFORMATION.

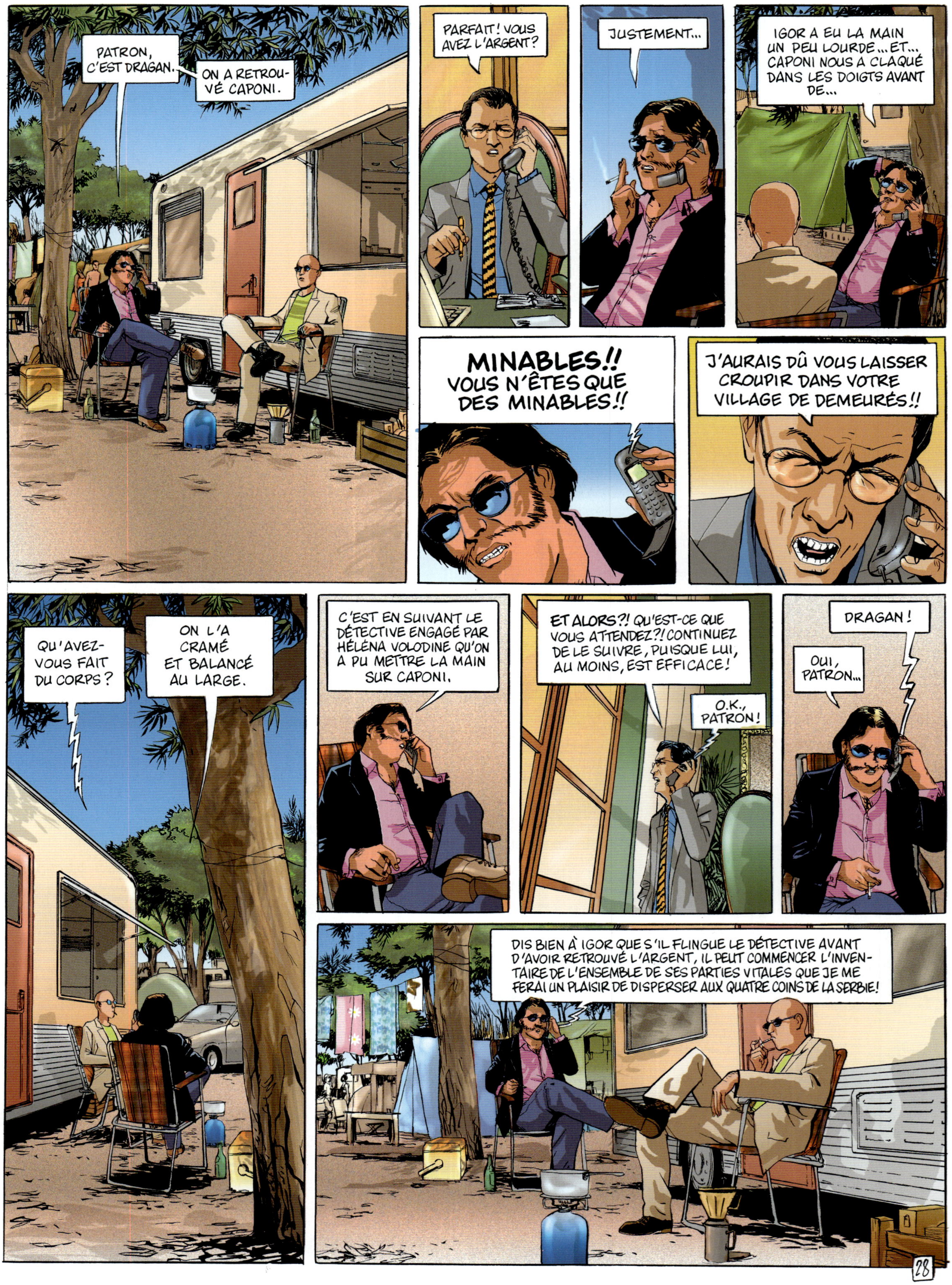
PATRON, C'EST DRAGAN.
ON A RETROUVÉ CAPONI.
PARFAIT ! VOUS AVEZ L'ARGENT ?
JUSTEMENT...
IGOR A EU LA MAIN UN PEU LOURDE... ET... CAPONI NOUS A CLAQUÉ DANS LES DOIGTS AVANT DE...
MINABLES !! VOUS N'ÊTES QUE DES MINABLES !!
J'AURAIS DÛ VOUS LAISSER CROUPIR DANS VOTRE VILLAGE DE DEMEURÉS !!
QU'AVEZ-VOUS FAIT DU CORPS ?
ON L'A CRAMÉ ET BALANCÉ AU LARGE.
C'EST EN SUIVANT LE DÉTECTIVE ENGAGÉ PAR HÉLÉNA VOLODINE QU'ON A PU METTRE LA MAIN SUR CAPONI.
ET ALORS ?! QU'EST-CE QUE VOUS ATTENDEZ ?! CONTINUEZ DE LE SUIVRE, PUISQUE LUI, AU MOINS, EST EFFICACE !
O.K., PATRON !
DRAGAN !
OUI, PATRON...
DIS BIEN À IGOR QUE S'IL FLINGUE LE DÉTECTIVE AVANT D'AVOIR RETROUVÉ L'ARGENT, IL PEUT COMMENCER L'INVENTAIRE DE L'ENSEMBLE DE SES PARTIES VITALES QUE JE ME FERAI UN PLAISIR DE DISPERSER AUX QUATRE COINS DE LA SERBIE !
28

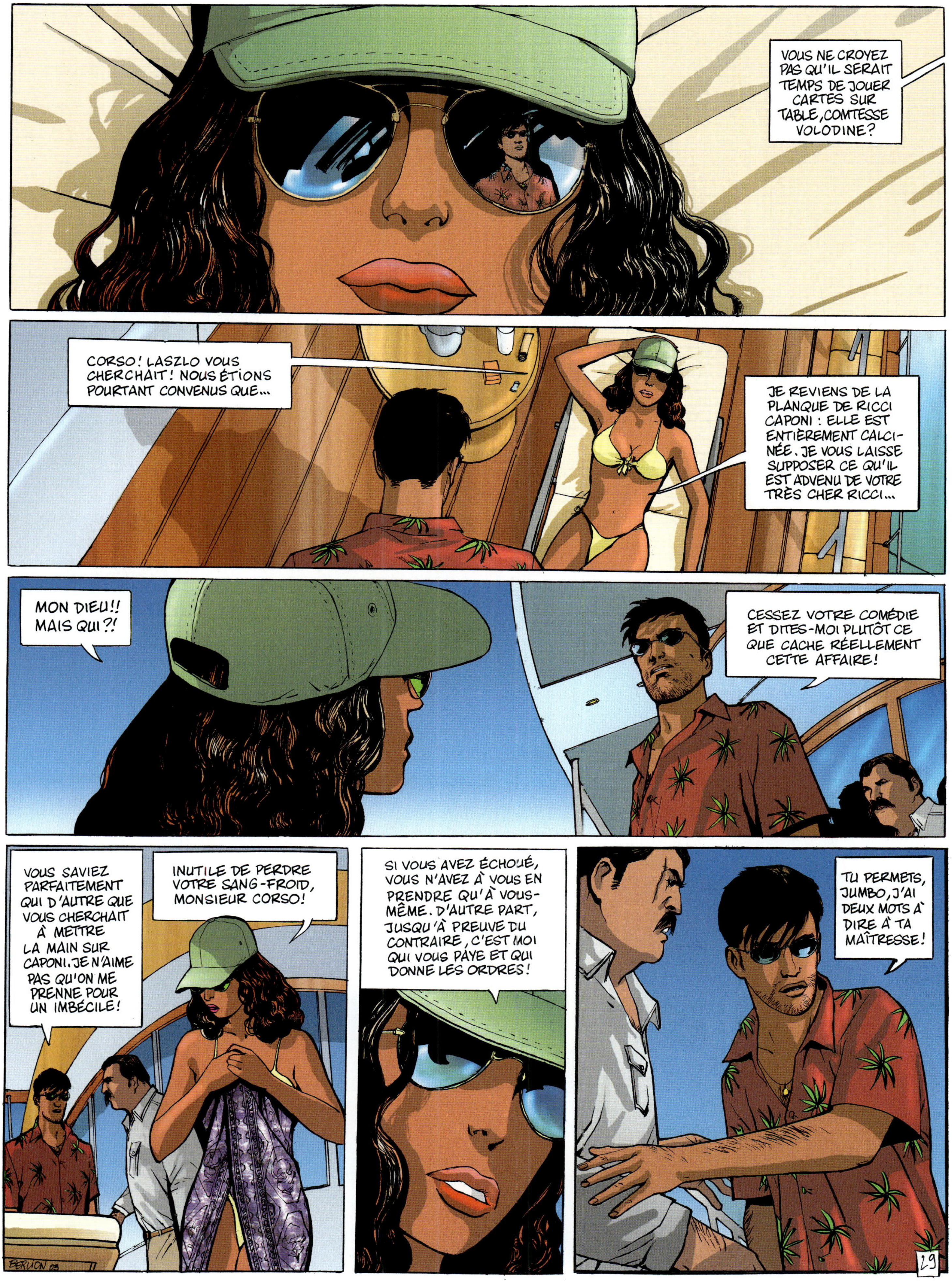
VOUS NE CROYEZ PAS QU'IL SERAIT TEMPS DE JOUER CARTES SUR TABLE, COMTESSE VOLODINE?
CORSO! LASZLO VOUS CHERCHAIT! NOUS ÉTIONS POURTANT CONVENUS QUE...
JE REVIENS DE LA PLANQUE DE RICCI CAPONI : ELLE EST ENTIÈREMENT CALCINÉE. JE VOUS LAISSE SUPPOSER CE QU'IL EST ADVENU DE VOTRE TRÈS CHER RICCI...
MON DIEU!! MAIS QUI?!
CESSEZ VOTRE COMÉDIE ET DITES-MOI PLUTÔT CE QUE CACHE RÉELLEMENT CETTE AFFAIRE!
VOUS SAVIEZ PARFAITEMENT QUI D'AUTRE QUE VOUS CHERCHAIT À METTRE LA MAIN SUR CAPONI. JE N'AIME PAS QU'ON ME PRENNE POUR UN IMBÉCILE!
INUTILE DE PERDRE VOTRE SANG-FROID, MONSIEUR CORSO!
SI VOUS AVEZ ÉCHOUÉ, VOUS N'AVEZ À VOUS EN PRENDRE QU'À VOUS-MÊME. D'AUTRE PART, JUSQU'À PREUVE DU CONTRAIRE, C'EST MOI QUI VOUS PAYE ET QUI DONNE LES ORDRES!
TU PERMETS, JUMBO, J'AI DEUX MOTS À DIRE À TA MAÎTRESSE!
29

?
JE VOIS... EN PLUS D'ÊTRE MUET, TU ES DUR DE LA FEUILLE !
?!
SPLASH
IL NE SAIT PAS NAGER.
MAINTENANT JE VOUS ÉCOUTE, MADEMOISELLE RUIZ !
COMMENT CONNAISSEZ-VOUS MON NOM DE JEUNE FILLE ?
JE SUIS PAYÉ POUR ÇA...
SI VOUS SOUHAITEZ QUE JE VOUS SORTE DU MAUVAIS PAS DANS LEQUEL VOUS SEMBLEZ VOUS ÊTRE FOURRÉE, IL VA FALLOIR ME FAIRE CONFIANCE.
JE N'AI PAS LE CHOIX ?
VOUS MANQUEZ SURTOUT DE TEMPS ! JE VOUS ÉCOUTE...
30

LE SERVEUR S'EST FAIT TABASSER SUR LE PORT, PAS TRÈS LOIN DE LA BOÎTE DE NUIT. IL EST DANS LE COMA, POUR L'INSTANT.
ET L'AUTRE?
QUELLE AUTRE?
L'AUTRE AFFAIRE DONT VOUS M'AVEZ PARLÉ!
AH!... UNE PAILLOTE A FLAMBÉ À L'AUBE SUR PAMPELONNE. RIEN DE GRAVE... JUSTE DES DÉGÂTS MATÉRIELS.
ENCORE CES HISTOIRES DE PAILLOTES! UN JOUR, ÇA FINIRA MAL, VOUS VERREZ!
MAGNIFIQUE FORÊT DE CHÊNES... DEUX ESPÈCES : CHÊNE VERT ET CHÊNE BLANC. IDÉAL POUR LES TRUFFES.
VOUS AIMEZ LES TRUFFES, LAZARE?
OÙ ALLONS-NOUS, COMMISSAIRE?
CHEZ MAX SALADIN. C'EST BIEN SON SERVEUR QUI S'EST FAIT TABASSER?
PROCHAIN CHEMIN À DROITE...
31

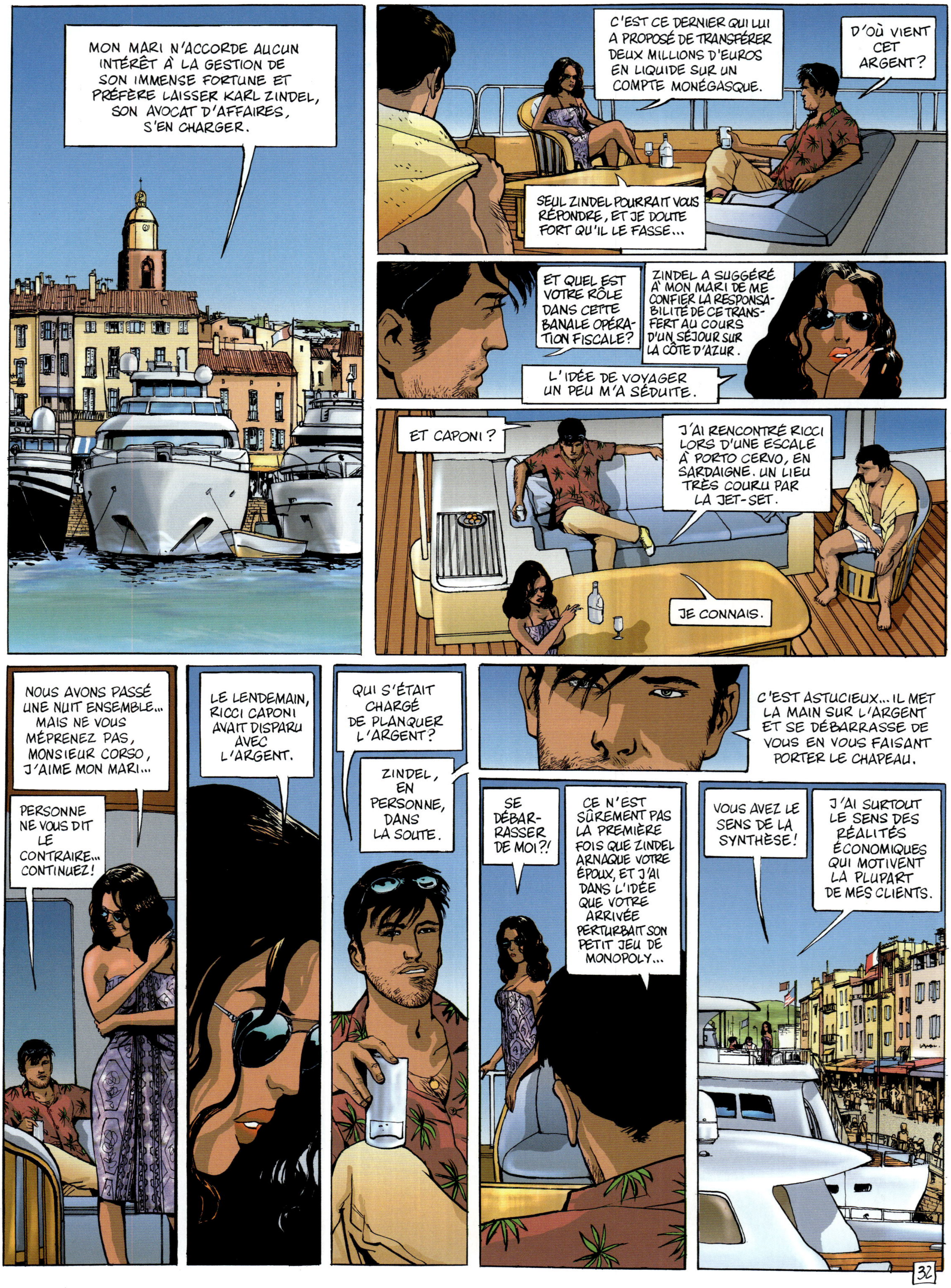
MON MARI N'ACCORDE AUCUN INTÉRÊT À LA GESTION DE SON IMMENSE FORTUNE ET PRÉFÈRE LAISSER KARL ZINDEL, SON AVOCAT D'AFFAIRES, S'EN CHARGER.
C'EST CE DERNIER QUI LUI A PROPOSÉ DE TRANSFÉRER DEUX MILLIONS D'EUROS EN LIQUIDE SUR UN COMPTE MONÉGASQUE.
D'OÙ VIENT CET ARGENT ?
SEUL ZINDEL POURRAIT VOUS RÉPONDRE, ET JE DOUTE FORT QU'IL LE FASSE...
ET QUEL EST VOTRE RÔLE DANS CETTE BANALE OPÉRATION FISCALE ?
ZINDEL A SUGGÉRÉ À MON MARI DE ME CONFIER LA RESPONSABILITÉ DE CE TRANSFERT AU COURS D'UN SÉJOUR SUR LA CÔTE D'AZUR.
L'IDÉE DE VOYAGER UN PEU M'A SÉDUITE.
ET CAPONI ?
J'AI RENCONTRÉ RICCI LORS D'UNE ESCALE À PORTO CERVO, EN SARDAIGNE. UN LIEU TRÈS COURU PAR LA JET-SET.
JE CONNAIS.
NOUS AVONS PASSÉ UNE NUIT ENSEMBLE... MAIS NE VOUS MÉPRENEZ PAS, MONSIEUR CORSO, J'AIME MON MARI...
PERSONNE NE VOUS DIT LE CONTRAIRE... CONTINUEZ !
LE LENDEMAIN, RICCI CAPONI AVAIT DISPARU AVEC L'ARGENT.
QUI S'ÉTAIT CHARGÉ DE PLANQUER L'ARGENT ?
ZINDEL, EN PERSONNE, DANS LA SOUTE.
C'EST ASTUCIEUX... IL MET LA MAIN SUR L'ARGENT ET SE DÉBARRASSE DE VOUS EN VOUS FAISANT PORTER LE CHAPEAU.
SE DÉBARRASSER DE MOI ?!
CE N'EST SÛREMENT PAS LA PREMIÈRE FOIS QUE ZINDEL ARNAQUE VOTRE ÉPOUX, ET J'AI DANS L'IDÉE QUE VOTRE ARRIVÉE PERTURBAIT SON PETIT JEU DE MONOPOLY...
VOUS AVEZ LE SENS DE LA SYNTHÈSE !
J'AI SURTOUT LE SENS DES RÉALITÉS ÉCONOMIQUES QUI MOTIVENT LA PLUPART DE MES CLIENTS.
32

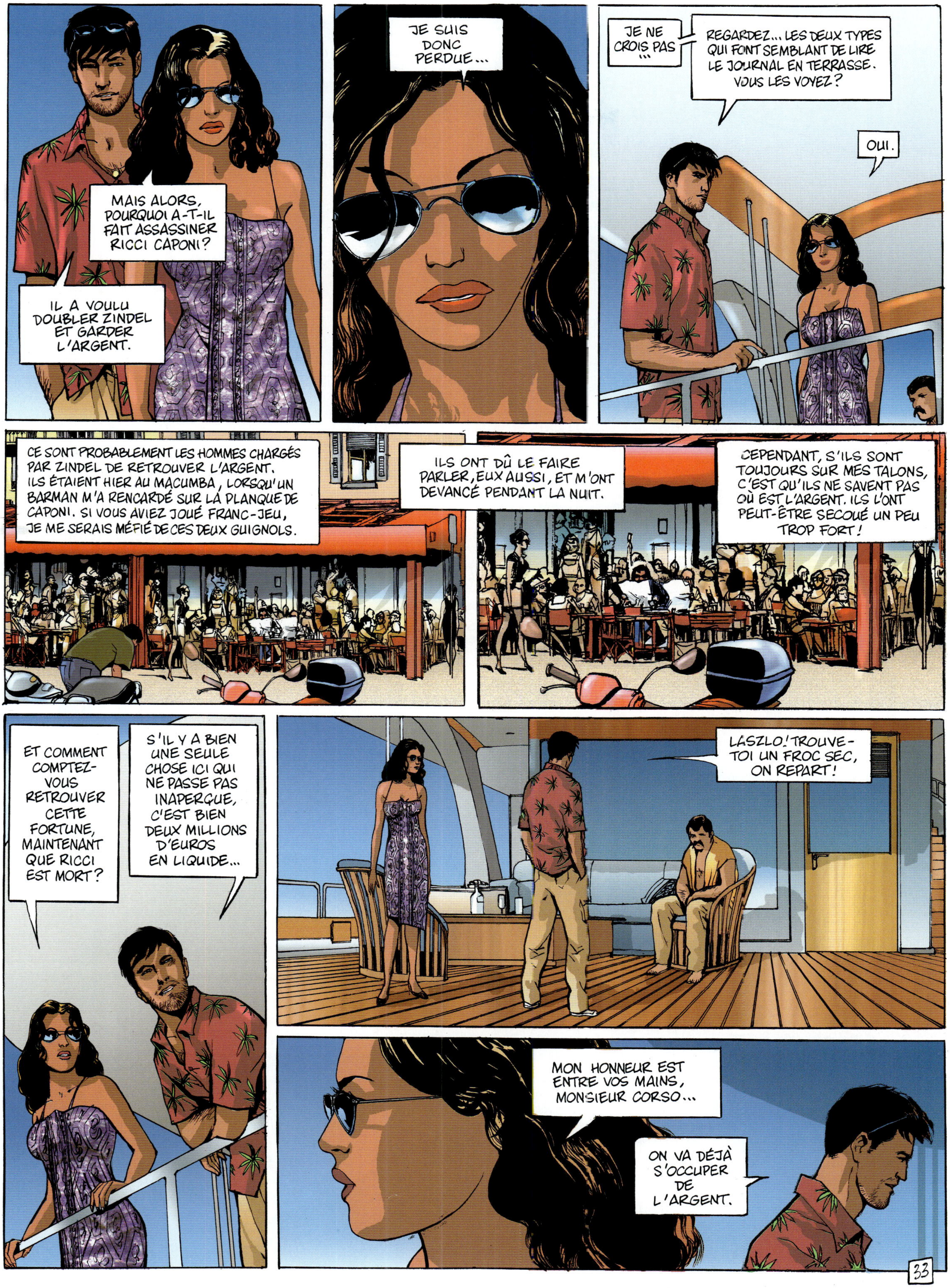
MAIS ALORS, POURQUOI A-T-IL FAIT ASSASSINER RICCI CAPONI?
IL A VOULU DOUBLER ZINDEL ET GARDER L'ARGENT.
JE SUIS DONC PERDUE...
JE NE CROIS PAS ...
REGARDEZ... LES DEUX TYPES QUI FONT SEMBLANT DE LIRE LE JOURNAL EN TERRASSE. VOUS LES VOYEZ?
OUI.
CE SONT PROBABLEMENT LES HOMMES CHARGÉS PAR ZINDEL DE RETROUVER L'ARGENT. ILS ÉTAIENT HIER AU MACUMBA, LORSQU'UN BARMAN M'A RENCARDÉ SUR LA PLANQUE DE CAPONI. SI VOUS AVIEZ JOUÉ FRANC-JEU, JE ME SERAIS MÉFIÉ DE CES DEUX GUIGNOLS.
ILS ONT DÛ LE FAIRE PARLER, EUX AUSSI, ET M'ONT DEVANCÉ PENDANT LA NUIT.
CEPENDANT, S'ILS SONT TOUJOURS SUR MES TALONS, C'EST QU'ILS NE SAVENT PAS OÙ EST L'ARGENT. ILS L'ONT PEUT-ÊTRE SECOUÉ UN PEU TROP FORT!
ET COMMENT COMPTEZ-VOUS RETROUVER CETTE FORTUNE, MAINTENANT QUE RICCI EST MORT?
S'IL Y A BIEN UNE SEULE CHOSE ICI QUI NE PASSE PAS INAPERÇUE, C'EST BIEN DEUX MILLIONS D'EUROS EN LIQUIDE...
LASZLO! TROUVE-TOI UN FROC SEC, ON REPART!
MON HONNEUR EST ENTRE VOS MAINS, MONSIEUR CORSO...
ON VA DÉJÀ S'OCCUPER DE L'ARGENT.
33

AUCUNE IDÉE, VRAIMENT...
JE SUIS UN HOMME D'AFFAIRES PAISIBLE, COMMISSAIRE. JE NE VOIS PAS QUI AURAIT PU S'EN PRENDRE À L'UN DE MES EMPLOYÉS.
BIEN. DÉSOLÉ POUR LE DÉRANGEMENT, SALADIN. ON VOUS TIENDRA AU COURANT, S'IL Y A DU NEUF.
MERCI. SID, TU PEUX RACCOMPAGNER CES MESSIEURS.
PAS TRÈS COOPÉRATIF, LE PATRON D'ÉTABLISSEMENT. POURTANT, À SA PLACE, JE NE SERAIS PAS RASSURÉ QUE L'ON TABASSE MON PERSONNEL.
PEUT-ÊTRE NE SAIT-IL VRAIMENT RIEN DE PLUS...
BEN VOYONS !
JE SAIS AVEC QUI HERVÉ A PARLÉ EN DERNIER HIER SOIR.
?!
34

UN CERTAIN TONY CORSO LUI A TENU LA JAMBE PENDANT UNE BONNE VINGTAINE DE MINUTES, AVANT DE SE TIRER.
TONY CORSO!
OUAIS. UN PETIT BRANLEUR QUI SE PREND POUR UN DÉTECTIVE PRIVÉ.
CORSO! ENCORE LUI! SUR CHAQUE AFFAIRE LOUCHE, ON TOMBE SUR CE SALE PETIT FOUINEUR!
DU CALME, LAZARE! NE LUI DONNEZ PAS PLUS D'IMPORTANCE QU'IL EN A.
MERCI INFINIMENT!
SI ON PEUT RENDRE SERVICE...
JE SUPPOSE QUE VOUS SAVEZ OÙ LOGE CE CORSO, LAZARE?
ET COMMENT!
J'AVAIS DÉCIDÉ DE RENDRE UNE PETITE VISITE À ANÉMONE DE COURVILLE PUISQUE, D'APRÈS FRANÇOIS-GÉRÔME, ELLE SOUHAITAIT ME VOIR D'URGENCE.
HISTOIRE SURTOUT DE SAVOIR POURQUOI SA CARTE DE VISITE TRAÎNAIT AU MILIEU DES CENDRES DE LA PLANQUE DE CAPONI.
ELLE N'EST PAS REPASSÉE À SA CHAMBRE DEPUIS TROIS JOURS, MONSIEUR CORSO. EN REVANCHE, ELLE A LAISSÉ UN MESSAGE À VOTRE INTENTION.
35

VOICI.
Mon cher Tony,
Je crains d'avoir encore commis une petite bêtise.
Rejoignez-moi s'il en est encore temps dans ma petite maison de Ramatuelle.
Je compte sur vous
Votre fidèle amie,
Anémone de Courville
P.S: Je vous ai confié ce que j'avais de plus précieux. Prenez-en soin!
LE YORKSHIRE !
MERCI.
EN SELLE, LASZLO!
LES DEUX COSAQUES SONT TOUJOURS LÀ. PARFAIT...
IL S'AGISSAIT DÉSORMAIS DE FAIRE CAUSER UNE BOULE DE POILS À QUATRE PATTES.
36

LE COMMISSAIRE CHRISTINI ET L'INSPECTEUR LAZARE EN TRAIN D'INTERROGER FRANÇOIS-GÉRÔME. J'IGNORAIS COMMENT LES DEUX FLICS AVAIENT PU AUSSI RAPIDEMENT FAIRE LE LIEN ENTRE UNE PAILLOTE CRAMÉE ET MA POMME.
CE N'ÉTAIT PAS LE MOMENT DE LE LEUR DEMANDER...
ÉCOUTE-MOI TRÈS ATTENTIVEMENT, LASZLO...
?
?!?
37

TSHH
J'ÉTAIS CERTAIN QUE LES DEUX YOUGOS NE BRONCHERAIENT PAS... TROP RISQUÉ POUR EUX DE SE SÉPARER.
MALGRÉ SES LACUNES MANIFESTES EN MATIÈRE DE CONVERSATION, JE CHARGEAI LASZLO D'OCCUPER TOUT CE PETIT MONDE, LE TEMPS DE VÉRIFIER QUELQUE CHOSE...
QUE? ...
?
ON PEUT SAVOIR À QUOI VOUS JOUEZ ? POUR LA DERNIÈRE FOIS : NOM-PRÉNOM-PIÈCE D'IDENTITÉ !
38

FAIS DONC VOIR CE QUE TU CACHES ...
J'EN ÉTAIS SÛR...
2 MILLIONS D'EUROS EN PETITES COUPURES DE 500. ON A BEAU S'Y ATTENDRE, CELA FAIT TOUJOURS SON PETIT EFFET !
DÉSOLÉ, LE CHIEN, MAIS JE DOIS ENCORE SAUVER TA MAÎTRESSE. EN ATTENDANT, TU SURVEILLES TON PANIER.
TU CROIS QUE TU VAS TE PAYER MA FIOLE TOUTE LA JOURNÉE, LE MÉTÈQUE ?! NOM-PRÉNOM !! VITE ! SINON, C'EST LE POSTE !
GARDEZ VOTRE SANG-FROID, LAZARE... PEUT-ÊTRE NE PARLE-T-IL TOUT SIMPLEMENT PAS LE FRANÇAIS.
39

COMMISSAIRE, JE CRAINS QUE NOUS SOYONS TOMBÉS SUR UN COMIQUE PROFESSIONNEL!
CONTRAIREMENT AUX APPARENCES, J'AI UN HUMOUR SANS LIMITES, MAIS JE PRÉFÈRE ÊTRE ASSIS QUAND JE ME FENDS LA POIRE. TU VAS POURSUIVRE TON PETIT NUMÉRO AU POSTE!
VROARR
?!!
?
CORSO ...
?!!
40

BON SANG, MAIS QU'EST-CE QUE C'EST QUE CE CIRQUE?
EN EFFET, LA PLAISANTERIE A ASSEZ DURÉ. IL SERAIT TEMPS DE PASSER À LA VITESSE SUPÉRIEURE! EN ROUTE!!
VOUS ATTENDEZ QUOI?
ET LE COMPLICE?
VOUS NE CROYEZ PAS QU'ON A ASSEZ PERDU DE TEMPS AVEC LUI? DÉMARREZ!!
COMME PRÉVU, LES DEUX SERBES AVAIENT MORDU À L'HAMEÇON. IL ÉTAIT TEMPS DE LEUR FAIRE VISITER LA RÉGION...
LE PNEU EST CREVÉ, COMMISSAIRE! AH! L'ENF...
C'EST BON, LAZARE, ON VOUS A ASSEZ ENTENDU... EMBARQUEZ LE MOUSTACHU ET FERMEZ-LA!
RAMATUELLE : D'APRÈS LES GUIDES TOURISTIQUES, C'EST UN DES PLUS BEAUX VILLAGES DE FRANCE. ANÉMONE DE COURVILLE S'EST OFFERT UNE DES PETITES MAISONS AU CŒUR DES VIEILLES RUELLES MOYENÂGEUSES...
LE SEUL INVESTISSEMENT INTELLIGENT QU'ELLE AIT VRAIMENT FAIT AU COURS DE SA TUMULTUEUSE EXISTENCE.
41

UNE JOLIE BARAQUE AVEC TERRASSE ET VUE SUR LA MER... LE LIEU IDÉAL POUR PRENDRE DE LA DISTANCE AVEC L'AGITATION ESTIVALE.
CES DEUX CRÉTINS ÉTAIENT AUSSI DISCRETS QU'UNE CARAVANE DE DROMADAIRES SUR LA BANQUISE...
LA DIFFICULTÉ PRINCIPALE DE MA TACTIQUE CONSISTAIT À LEUR LAISSER LEURS PATHÉTIQUES ILLUSIONS...
OUI ?
C'EST TONY !
ENFIN !
42

JE VOUS AI CONNU PLUS PROMPT À VOLER À MON SECOURS, CHER T...
?!
M... MAIS...
PLUS UN MOT! PLANQUEZ-VOUS LÀ!
T... TONY...
RÈGLE NUMÉRO UN : TOUJOURS SE METTRE AU NIVEAU DE SES ADVERSAIRES...
43

J'AVAIS DONC DÉCIDÉ D'APPLIQUER UN PLAN D'UNE STUPIDITÉ AFFLIGEANTE...
SBAFF
BLAM BLAM
CASSS
ON VA POUVOIR PASSER AU SALON POUR LES PRÉSENTATIONS.
44

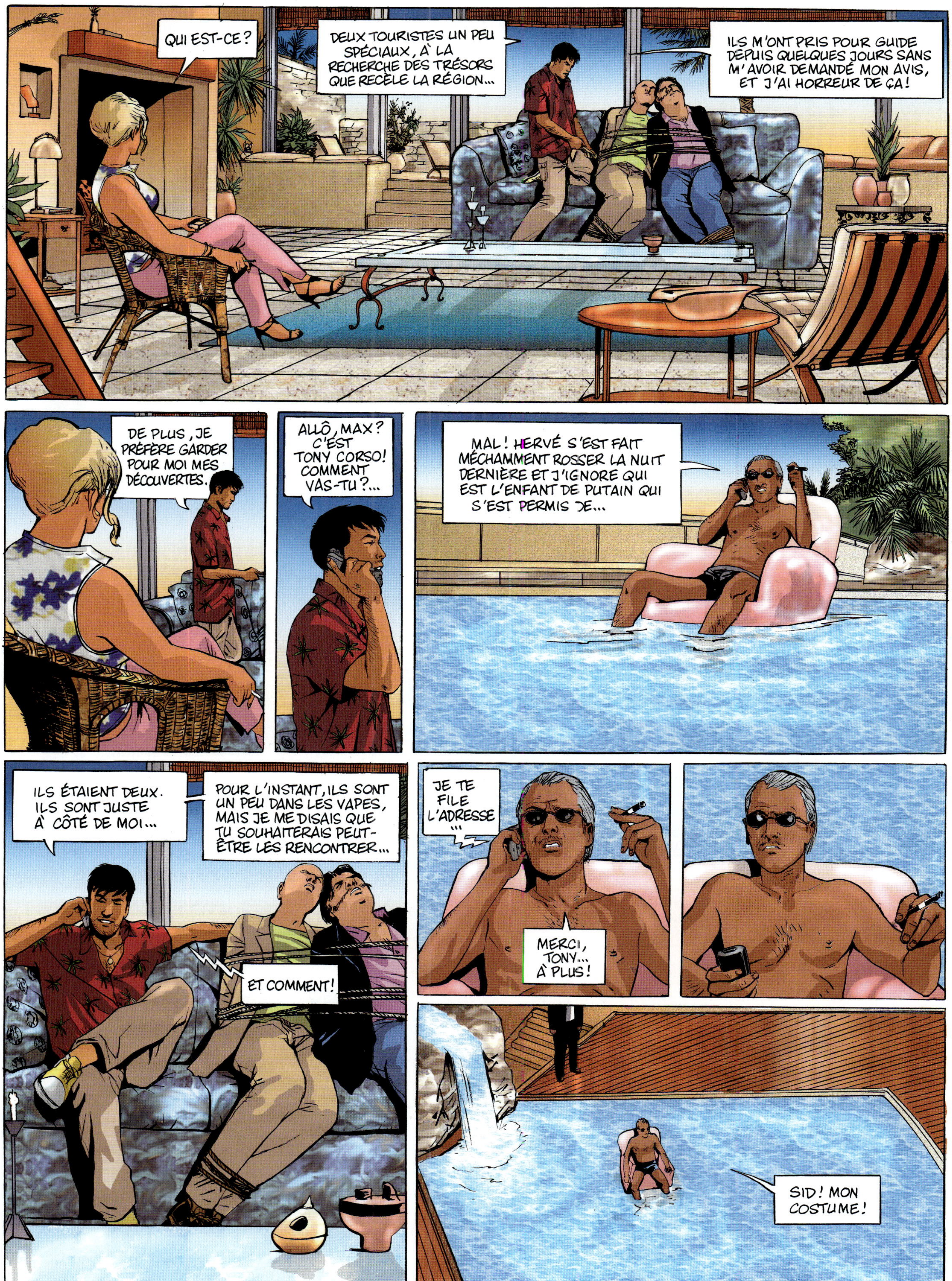
QUI EST-CE?
DEUX TOURISTES UN PEU SPÉCIAUX, À LA RECHERCHE DES TRÉSORS QUE RECÈLE LA RÉGION...
ILS M'ONT PRIS POUR GUIDE DEPUIS QUELQUES JOURS SANS M'AVOIR DEMANDÉ MON AVIS, ET J'AI HORREUR DE ÇA!
DE PLUS, JE PRÉFÈRE GARDER POUR MOI MES DÉCOUVERTES.
ALLÔ, MAX? C'EST TONY CORSO! COMMENT VAS-TU?...
MAL! HERVÉ S'EST FAIT MÉCHAMMENT ROSSER LA NUIT DERNIÈRE ET J'IGNORE QUI EST L'ENFANT DE PUTAIN QUI S'EST PERMIS DE...
ILS ÉTAIENT DEUX. ILS SONT JUSTE À CÔTÉ DE MOI...
POUR L'INSTANT, ILS SONT UN PEU DANS LES VAPES, MAIS JE ME DISAIS QUE TU SOUHAITERAIS PEUT-ÊTRE LES RENCONTRER...
ET COMMENT!
JE TE FILE L'ADRESSE ...
MERCI, TONY... À PLUS!
SID! MON COSTUME!
45

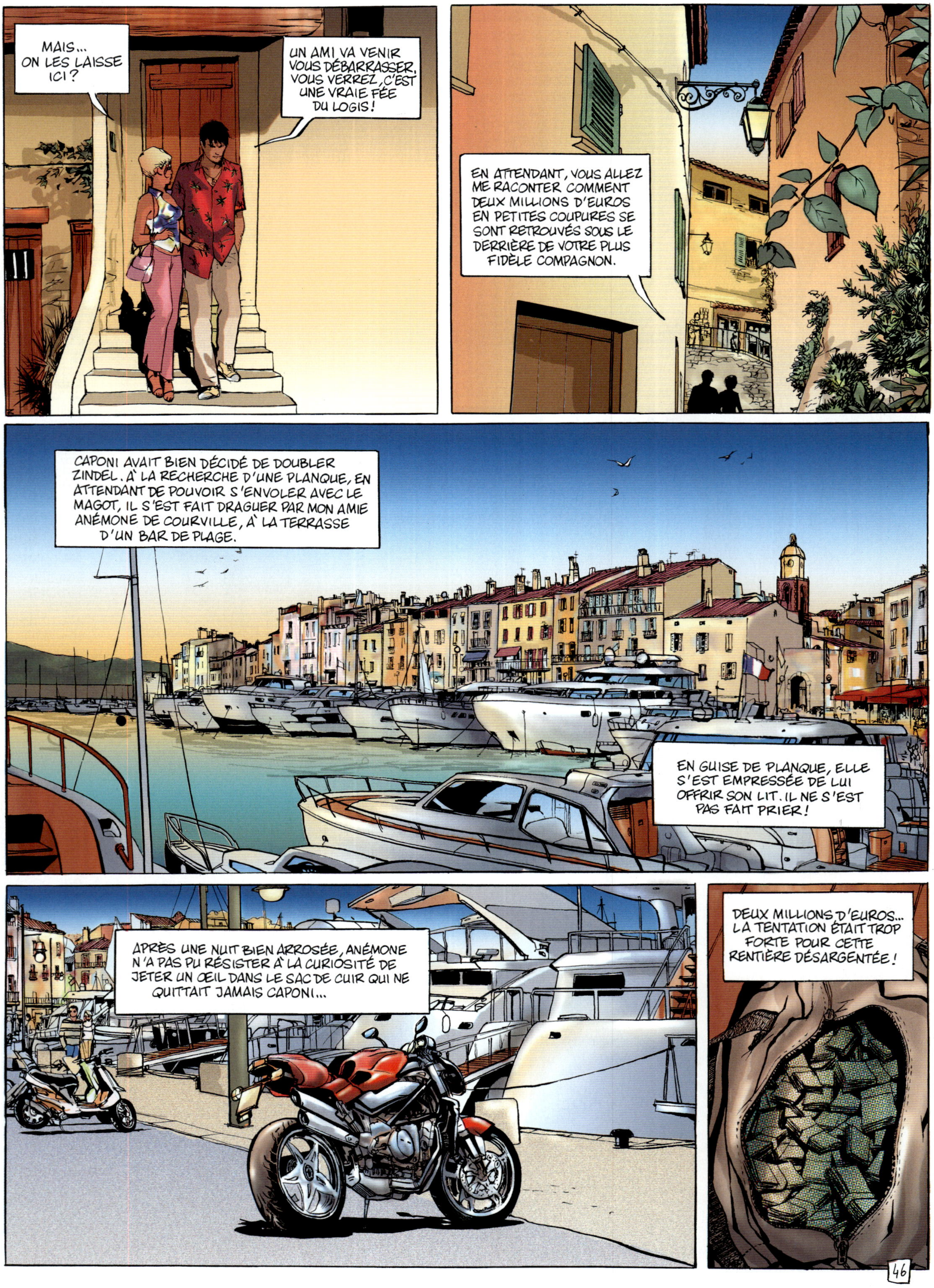
MAIS... ON LES LAISSE ICI ?
UN AMI VA VENIR VOUS DÉBARRASSER, VOUS VERREZ, C'EST UNE VRAIE FÉE DU LOGIS !
EN ATTENDANT, VOUS ALLEZ ME RACONTER COMMENT DEUX MILLIONS D'EUROS EN PETITES COUPURES SE SONT RETROUVÉS SOUS LE DERRIÈRE DE VOTRE PLUS FIDÈLE COMPAGNON.
CAPONI AVAIT BIEN DÉCIDÉ DE DOUBLER ZINDEL. À LA RECHERCHE D'UNE PLANQUE, EN ATTENDANT DE POUVOIR S'ENVOLER AVEC LE MAGOT, IL S'EST FAIT DRAGUER PAR MON AMIE ANÉMONE DE COURVILLE, À LA TERRASSE D'UN BAR DE PLAGE.
EN GUISE DE PLANQUE, ELLE S'EST EMPRESSÉE DE LUI OFFRIR SON LIT. IL NE S'EST PAS FAIT PRIER !
APRÈS UNE NUIT BIEN ARROSÉE, ANÉMONE N'A PAS PU RÉSISTER À LA CURIOSITÉ DE JETER UN OEIL DANS LE SAC DE CUIR QUI NE QUITTAIT JAMAIS CAPONI...
DEUX MILLIONS D'EUROS... LA TENTATION ÉTAIT TROP FORTE POUR CETTE RENTIÈRE DÉSARGENTÉE !
46

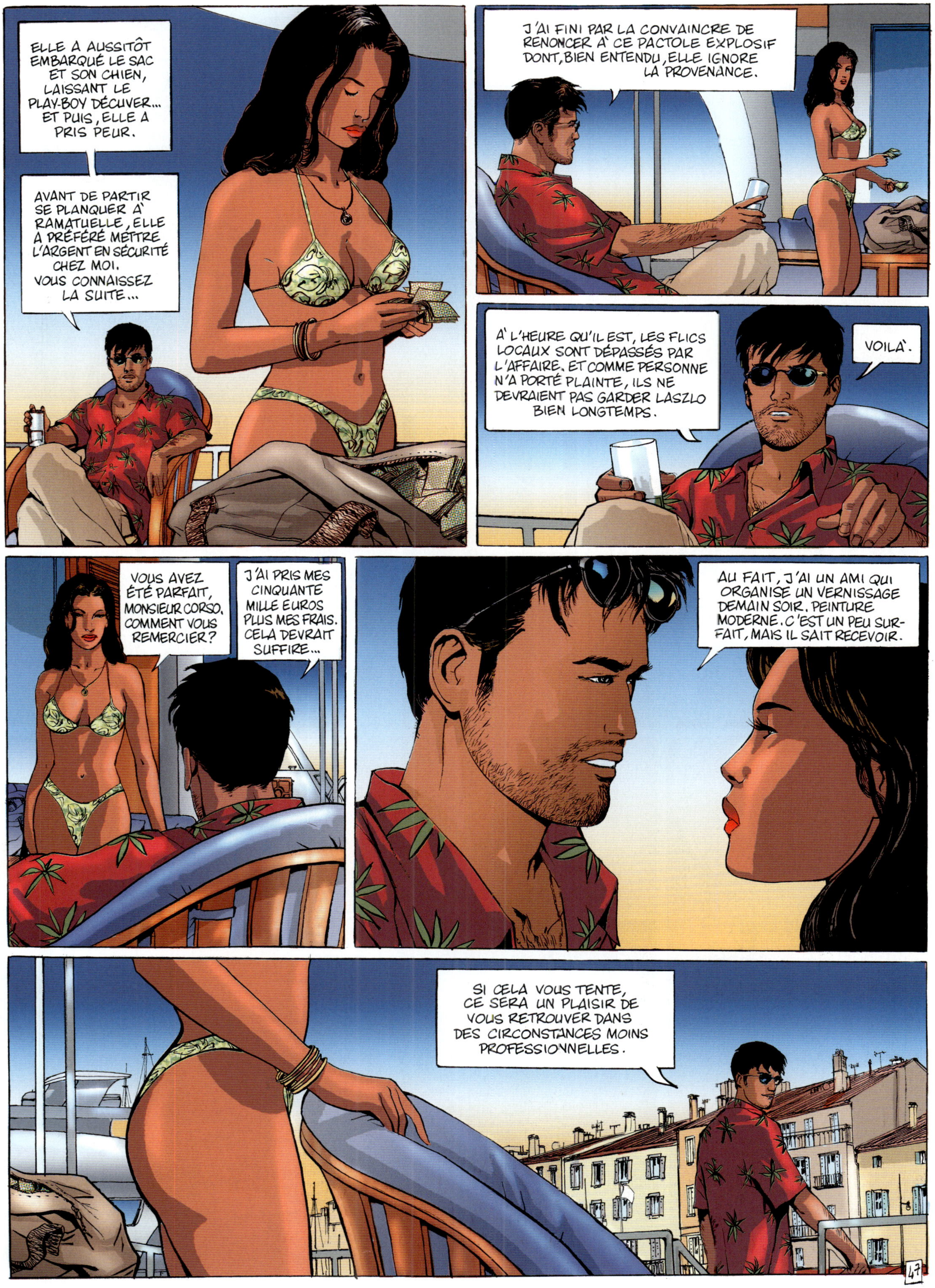

ELLE A AUSSITÔT EMBARQUÉ LE SAC ET SON CHIEN, LAISSANT LE PLAY-BOY DÉCUVER... ET PUIS, ELLE A PRIS PEUR.
AVANT DE PARTIR SE PLANQUER À RAMATUELLE, ELLE A PRÉFÉRÉ METTRE L'ARGENT EN SÉCURITÉ CHEZ MOI. VOUS CONNAISSEZ LA SUITE...
J'AI FINI PAR LA CONVAINCRE DE RENONCER À CE PACTOLE EXPLOSIF DONT, BIEN ENTENDU, ELLE IGNORE LA PROVENANCE.
À L'HEURE QU'IL EST, LES FLICS LOCAUX SONT DÉPASSÉS PAR L'AFFAIRE. ET COMME PERSONNE N'A PORTÉ PLAINTE, ILS NE DEVRAIENT PAS GARDER LASZLO BIEN LONGTEMPS.
VOILÀ.
VOUS AVEZ ÉTÉ PARFAIT, MONSIEUR CORSO. COMMENT VOUS REMERCIER?
J'AI PRIS MES CINQUANTE MILLE EUROS PLUS MES FRAIS. CELA DEVRAIT SUFFIRE...
AU FAIT, J'AI UN AMI QUI ORGANISE UN VERNISSAGE DEMAIN SOIR. PEINTURE MODERNE. C'EST UN PEU SURFAIT, MAIS IL SAIT RECEVOIR.
SI CELA VOUS TENTE, CE SERA UN PLAISIR DE VOUS RETROUVER DANS DES CIRCONSTANCES MOINS PROFESSIONNELLES.
47

HÉLÉNA, MON AMOUR, ENFIN ! J'ÉTAIS MORT D'INQUIÉTUDE !
PARDON ? QUELLE HISTOIRE ? JE NE TE SUIS PAS...
COMMENT ÇA, KARL ZINDEL ?... QUE LUI REPROCHES-TU ?
MON ARGENT ? JE NE COMPRENDS PAS...
D'ACCORD... D'ACCORD... JE T'ÉCOUTE... OUI...
CES DEUX ABRUTIS ONT ÉCHOUÉ... JE SUIS FOUTU !
JE VOIS...
ZINDEL !
ZINDEL !!
48

PRODIGIEUX!
SUBLIME!
RENVERSANT!
TERRIBLEMENT PRIMITIF!
C'EST EXTRAORDINAIRE DE SAUVAGERIE CONSTRUCTIVE. OÙ AS-TU DÉNICHÉ CE VIRTUOSE, FRANÇOIS-GÉRÔME?
UN ARTISTE ROUMAIN...
IL N'A PAS PU SE JOINDRE À NOUS... PROBLÈMES DE VISAS. DE NOS JOURS, LES OEUVRES PASSENT PLUS FACILEMENT LES FRONTIÈRES QUE LEURS CRÉATEURS. MAIS JE LUI FERAI PART DE TES COMPLIMENTS DÈS QUE POSSIBLE.
J'ADORERAIS L'EXPOSER À PARIS.
N'Y COMPTE PAS! POUR UNE FOIS QUE J'EN TIENS UN...
TU VEUX LE PRIVER D'UN GRAND DESTIN?
IL ARRIVE QUE LE DESTIN DE CERTAINS ÉVITE PARIS, TRÈS CHÈRE...
49

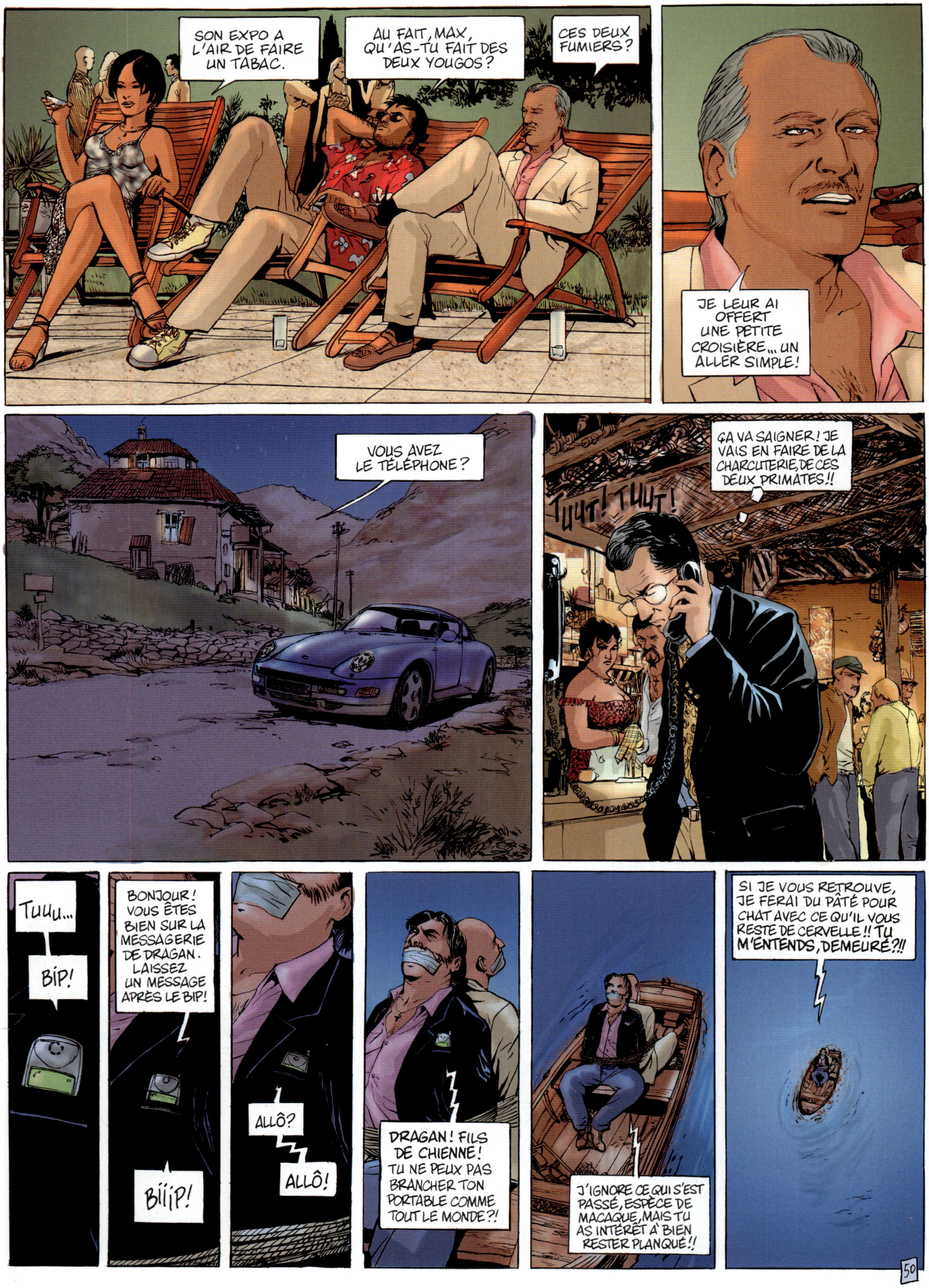

SON EXPO A L'AIR DE FAIRE UN TABAC.
AU FAIT, MAX, QU'AS-TU FAIT DES DEUX YOUGOS ?
CES DEUX FUMIERS ?
JE LEUR AI OFFERT UNE PETITE CROISIÈRE... UN ALLER SIMPLE !
VOUS AVEZ LE TÉLÉPHONE ?
TUUT ! TUUT !
ÇA VA SAIGNER ! JE VAIS EN FAIRE DE LA CHARCUTERIE, DE CES DEUX PRIMATES !!
Tuuu...
BIP !
BONJOUR ! VOUS ÊTES BIEN SUR LA MESSAGERIE DE DRAGAN. LAISSEZ UN MESSAGE APRÈS LE BIP !
BIIIP !
ALLÔ ?
ALLÔ !
DRAGAN ! FILS DE CHIENNE ! TU NE PEUX PAS BRANCHER TON PORTABLE COMME TOUT LE MONDE ?!
J'IGNORE CE QUI S'EST PASSÉ, ESPÈCE DE MACAQUE, MAIS TU AS INTÉRÊT À BIEN RESTER PLANQUÉ !!
SI JE VOUS RETROUVE, JE FERAI DU PÂTÉ POUR CHAT AVEC CE QU'IL VOUS RESTE DE CERVELLE !! TU M'ENTENDS, DEMEURÉ ?!!
50

EFFICACE, COMME TOUJOURS, MAX...
INUTILE DE TE DEMANDER CE QUE CES DEUX TYPES RECHERCHAIENT ET POURQUOI ILS ONT TABASSÉ HERVÉ ?
AFFAIRE PRIVÉE... TU SAIS BIEN QUE MA CLIENTÈLE M'ENGAGE ESSENTIELLEMENT POUR MA DISCRÉTION.
TIENS... D'AILLEURS, QUAND ON PARLE DU LOUP !
CHARMÉ. J'IGNORAIS QUE TONY FRÉQUENTAIT LUI-MÊME D'AUTHENTIQUES ŒUVRES D'ART !
ATTENTION, FRANÇOIS-GÉRÔME, CELLE-CI EST DU GENRE EXPLOSIF !
NADIA, JE TE PRÉSENTE LA COMTESSE HÉLÉNA VOLODINE.
ENCHANTÉE. UNE COUSINE, PEUT-ÊTRE...
PAS VRAIMENT. NOUS SOMMES BEAUCOUP PLUS PROCHES QUE ÇA !
TONY EST UN HOMME MERVEILLEUX. JE LUI DOIS BEAUCOUP...
JE N'EN DOUTE PAS. C'EST SON CÔTÉ CHARITABLE.
LASZLO, MON AMI, ILS T'ONT RELÂCHÉ !
DOMMAGE QUE TU NE PUISSES PAS ME RACONTER TON TÊTE-À-TÊTE AVEC L'INÉNARRABLE INSPECTEUR LAZARE !
51

COULEURS C. FAVRELLE

FIN

Olivier BERLION

CHEZ LE MÊME ÉDITEUR

TONY CORSO
1 – La Comtesse Volodine
2 – Prime Time
3 – La Fortune de Warren Bullet
4 – L'Affaire Kowaleski
5 – Vendetta
6 – Bollywood Connection
1 intégrale des tomes 1 à 4

LA GUERRE DES BOUTONS
[d'après Louis Pergaud]

2 tomes

LA COMMEDIA DES RATÉS
[d'après T. Benacquista]
2 tomes

LES VÉRITABLES LÉGENDES URBAINES
[avec Corbeyran, R. Guérin et collectif]
1 tome

LE CADET DES SOUPETARD
[avec Corbeyran]
10 tomes

CŒUR TAM-TAM
[avec Tonino Benacquista]
collection Long Courrier

GARRIGUE
[avec Corbeyran]
2 tomes et 1 intégrale

LIE-DE-VIN
[avec Corbeyran]
collection Long Courrier

ROSANGELLA
[avec Corbeyran]
collection Long Courrier

CHEZ D'AUTRES ÉDITEURS

SALES MIOCHES !
[avec Corbeyran]
8 tomes et 1 intégrale – **Casterman**

HISTOIRES D'EN VILLE
3 tomes et 1 intégrale des tomes 1 à 3 – **Glénat**

LA LIGNÉE
[avec L. Galandon, J. Félix, D. Marie]
2 tomes – **Bamboo**

LE KID DE L'OKLAHOMA
[d'après E. Leonard]
Casterman